新潮文庫

劇場

又吉直樹著

新潮社版

11225

劇場

まぶたは薄い皮膚でしかないはずなのに、風景が透けて見えたことはまだない。もう少しで見えそうだと思ったりもするけど、眼を閉じた状態で見えているのは、まぶたの裏側の皮膚にすぎない。あきらめて、まぶたをあげると、あたりまえのことだけれど風景が見える。

八月の午後の太陽が街を朦朧《もうろう》とさせていた。半分残しておいた弁当からは嫌な臭《にお》いがしていて、こんなことなら全部食べてしまえばよかったと思った。

僕は新宿から三鷹《みたか》の家に早く帰りたかったのだけど、人込みのなかで真《ま》っ直《す》ぐに立っていられる自信がなく、到底電車に乗れる状態ではなかった。どこでもないような場所で、乾ききった排水溝を見ていた。誰かの笑い声がいくつも通り過ぎ、蝉《せみ》の声が無秩序に重なったり遠ざかったりしていた。ついにきっかけもなく歩き出してはみたけれど、それは家を目指して歩いていたわけではなく、ただ肉体に従い引きずられているような感覚に近かった。僕の肉体は明治通りを南へ歩いて行くようだったけれど、一向に止まる気配を見せなかった。

自分の肉体よりも少し後ろを歩いているような感覚で、肉体に対して止まるよう要求することはできなかった。表参道とぶつかる原宿の交差点に近づくと、急に人が増えたように感じた。いや、少し前から人は増えていたのだと思う。人波にのまれ、あらゆる音が徐々に重なったが、自分の足音だけは鮮明に聴こえていた。暑さよりも人の匂《にお》いが鼻をついてむせた。一方で、何かに身をゆだねている心地良さもあった。

人と眼が合わないように歩く。人の後ろの後ろにも人がいて、更にその後方に焦点を投げていると誰とも眼は合わない。人の顔の輪郭はぼやけていて、明瞭《めいりょう》な線としてまとまりかけたら自分がうつむけばよかった。眼を下に向けると、いろんな靴があるものだなと思う。靴ははっきりと見える。みんな靴をはいている。こちらを睨《にら》むように見る人も、苦悩に充《み》ちた表情の人も、誰もが靴を買いにいった瞬間があると思うとおかしかった。空の青さと何の形にも見立てることができない雲の比率がほとんど偽《にせ》物《もの》のようだった。

大勢の人間が途切れることなく流れ込んでいく右手の大きな商業施設を過ぎたところで、僕の肉体に向けて、「神様とか信じちゃうタイプですか？」と、笑顔で話しかける若そうな男がいたが、僕の肉体は男を見ることもなく、何事もなかったかのように道を右に折れようとしたので、僕もそれに従おうとした。それでも男は微塵《みじん》も笑顔を崩さずに、「あっ、信じないタイプですね」と高い声を出したのだが、なぜか、その時だけは実体である僕と男の眼がはっきりと合致したように感じた。

そう言えば、この男は以前もこの場所で、今日と同じように話しかけてきたことがあった。その時は、大学のサークルでアンケートを取っていると言われたので、なにか自分を楽しい渦に巻きこんでくれるのではないかと期待して立ち止まってみたのだが、いくつかの平凡な質問が続いたあと、「神様の存在とか信じますか？」と問われたのだった。

しかし、その人物は今日の男とは全く別の顔をしていたし、声も共通する部分がなかったので、もしかすると別人かも知れなかった。依然、僕の肉体は街の喧騒《けんそう》を避けて進んでいるようだったが、時々、僕は僕の肉体に追いついたりもしたので、あるいは全《すべ》ての行動が自分の意志によるものだったのかもしれない。だが、僕が僕の肉体を追い越すことは一度もなかった。

原宿駅の脇《わき》を抜け、明治神宮の木々から響く蟬の声を背に受けながら歩道橋を越えた。もう歩きたくなかったが、急に止まると背中から汗が噴き出してしまいそうで、だからといって汗が噴き出すのが嫌だったわけでもなく、それなら、歩かなければいけない理由があったのかというと、そんなものもなく、かといって止まらなければいけない理由も特になかったので歩き続けることしか思いつかなかった。試しにあからさまな溜息《ためいき》などをついてみたが、自分の感情を表現するには及ばず、かろうじて自分が正気であることを確認するために、ずうたいが異常にでかい木偶《でく》の坊《ぼう》のような声で「鳥が触れません」と小さな声で囁《ささや》いてみたりもした。

中学時代に駅前で不良に顔面を殴られ鼻から血が噴き出た時にも、同じことをした記憶がある。この期《ご》に及んで、常識はずれなことを言えるということは、まだ大丈夫だと安心するための行為なのだが、「小鳥も触れないのか？」と、木偶の坊に直接問いかける声も耳の奥でした。その声も自分の意志なのだろうけど、もしかすると自分の範疇《はんちゅう》を越えているのかも知れないなと案外冷静に分析していたつもりが、次の瞬間には、アニメーション上の表現のように、頬肉が溶けるほどの猛烈な脱力感が押し寄せて、膝《ひざ》の内側の骨を地面に叩《たた》きつけてみたくなる衝動に駆られながら、なんか「衝動」という言葉は簡単で嫌いだなと思った。

僕の肉体は代々木体育館に沿って歩いているようで、たまに左手を山手線が音を立てて走っていった。石垣が途切れたあたりに、古い家具を軒先に並べた古着屋があった。僕の肉体は今まで通り、僕に確認もとらず、そこに吸いこまれるように入っていく。もう新宿からだと随分と長い距離を歩いていた。

店のなかは巨大な業務用の冷房装置から流れる強風が、ラックに掛けられたジミ・ヘンドリックスの顔面がプリントされたTシャツを揺らしていて、一見ちんどん屋のようにも見える個性的な古着に身を包んだ女性店員達の眼が僕の動きを敏感に追っているように思えた。丁寧にたたまれた棚の服に手を触れると、店員達がいっせいに僕の手を見たような気がした。このまま何も買わずに店を出ることを想像すると、彼女らの全身が膨張し迫ってくるような気がして恐ろしかった。店員の気に障《さわ》ることをするわけにはいかない。その視界から逃れるために移動した先に並べられたラックのなかで、最も安そうな薄い藤色《ふじいろ》のタンクトップを持ってレジに並んだ。タンクトップなのに、首元にボタンが付いている変わったデザインだった。こんなものを着ることは絶対にないだろうと思ったが、今から別のものを探すのも面倒に思えたし、女性の店員二人が、僕を見て笑っているのが目に入り落ち着かなかった。

少し前まで勤めていたカラオケ店のアルバイトは、募金箱から金を抜いたと疑われた夜勤二人のうち、なぜか僕だけがくびになり、収入がなくなったので食費を浮かすため食べる回数を減らすと、短期間で病的に痩《や》せて眼の下のくまも濃くなった。周りから心配されても、毎度返答に窮し微笑《ほほえ》むことしかできなかった。

そんな時に、コンビニで女性誌を立ち読みしていたら、「おでこを見せて明るくさわやかな印象に」と書いてあったので、自分の部屋にあった持ち手が黄色い文房具のハサミで前髪を切ったら、少しだけはげた。恐らく鏡を見なかったからだと思う。新聞紙に落ちた髪の毛は僕とそっくりだった。前髪の一部がはげてしまって、ずいぶん奇妙な風貌《ふうぼう》になったけれど、僕は家賃を滞納したことが一度もなかったし、僕よりも遥《はる》かに変な奴等《やつら》が周りには沢山いたので、まだ自分はましな方だと思っていた。だが、そんな些細《ささい》な自信などなければ、もっと侮《あなど》られ、叱咤《しった》されることに慣れてしまえば、楽になれることにも気づいていた。自分よりも駄目な人を見かけると、この程度の状況で憂鬱《ゆううつ》になっていることが、みっともないようにも思えてしまう。「そういう自分に酔ってるんでしょ?」と本気で言って来た女を、携帯の電話帳に「得意気なタコ」の名で登録しなおした。

まだ、店員達は堪《こら》えきれずといった調子で笑っている。笑われているのは僕の前髪であって、僕ではなかった。それに本当に面白かったら、こんなにも丁寧にタンクトップをたためるはずがない。ただ笑っていたいだけなのだ。

外に出てもまだ陽射《ひざ》しが強かった。また僕の肉体は目的もなく歩き始めるのだろうか。僕の意志なのか肉体のものなのかはっきりしない足取りは相変わらず重たい。

暗い窓ガラスが鏡のように自分の姿を映した。そういえば誰かに幽霊と呼ばれたことがあったが、まさにそれだと思った。強い陽射しに眼がやられたのか視界は霞《かす》み、ガラスの向こうを見るとぱちぱちと青い閃光《せんこう》が走った。その眼で見る自分の姿は、肉体を使いこなせていない虚弱な幽体。この無様な姿を脳裏に焼きつけておこうと自虐《じぎゃく》的な気持ちで窓に近づくと、暗闇《くらやみ》でしかなかった窓の奥に、白い一点の光が浮かびあがった。さらに近づくと、その空間は画廊であり、光のように見えた点は絵画の一部だとわかった。窓ガラスに鼻が触れるほど顔を寄せて内部をのぞく。徐々に眼が暗闇になれ焦点が合ってくる。白い光、それは月だった。月の下には歯を剝《む》き出しにして、こちらを睨みつける猿がいた。

ほかにも沢山の絵画が壁に掛けられていた。どれも一目で子供が描いたとわかる自由な絵ばかりだった。その中でも、月と猿の絵がひときわ強烈な印象を放っていた。逃げ場を失《な》くした猿が吠《ほ》えているようにも、頼りない僕を鼓舞しているようにも見えた。どのような意図で描かれたものかはわからない。ただ、自分の眼がそのように絵を捉《とら》えたことが嬉《うれ》しかった。

暗闇のなかで猿の眼が、耳が、歯が、生命《いのち》を震わせていた。腹の底から微量の歓喜が垂直に迫《せ》り上がってくる。一筋の上昇に触れていない部位の温度は下降していく。そんな感覚だった。

少し前から、僕のほかに画廊のなかをのぞいている人がいた。若い女の人のようだった。僕の背後を何人もの通行人が通り過ぎていった。その景色のなかで、その人だけが動かなかった。本当は随分と前から僕の視界に入っていたのだけれど、ようやくその存在が意識の表面に昇ってきたのだ。

僕は叫びたくなった。そして、理由もわからずに泣きたくなった。あるいは、ずっと前から感情を爆発させる合図を待っていたのかもしれない。

その人は画廊の内部をのぞき込むようにじっと見ていた。僕はその人をじっと見ていた。この人なら、自分のことを理解してくれるのではないかと思った。

その人が僕の視線に気づいた。健康的で明るい表情に戸惑いが見えた。息を吸い込むと肺が痛かった。その人は一歩、二歩、三歩と後退するとこちらに背を向けて歩きだした。窓ガラスには、その人の呼吸の名残りがあった。僕もその人の背中を追って歩きだしたようだった。その人はあきらかに僕を警戒して速度を上げた。僕も速度を上げたようだった。ついに、その人は走って道路を渡ってしまった。道の反対側に着くと、その人は少し安心したように速度を緩めた。僕は捨てられたような気持ちになった。さきほどまでは同じひとつの風景のなかにいたのだ。

次の瞬間、僕はその人の横にいた。その人は緊張で強張《こわば》った顔を僕から遠ざけ、赤い髪を揺らした。

「靴、同じやな」

いつのまにか僕は小さな声で変なことを言っていた。僕は知らない人に話しかけたことなどなかった。

「えっ」

その人の表情から緊張の色は消えない。

「靴、同じやな」

その人は僕の汚れたコンバースのオールスターを見た。

そして、「違いますよ」と言った。

「同じやで」

同じであって欲しかった。

僕はもう一度「同じやで」と、さきほどよりも優しく繰り返してみたけれど状況は変わらなかった。

その人の赤色に見えた髪の毛は部分的に染め方が違うのか、光のあたり方によって金色にも見えたし、茶色にも見えた。

「あした、遊べる？」

また僕は変なことを言っていた。

「今日はもう暑いから、明日また朝、涼しい時間から遊べるかなと思いまして」

僕はなにを言いたいのだろう。

「すいません」

その人は髪で顔を隠すようにして再び歩き始めたけど、前髪が短いので隠しきれていない。

「あした、遊べる？」

僕は泣きそうだった。

「知らない人なので」

「知らない人ですか？」

その人が不思議そうな顔で僕を見上げる。知らない人だということが、とても残念に感じられた。

「はい、わからないです」

その人は睫毛《まつげ》が長かった。僕も睫毛が長くて、親戚《しんせき》が集まった時にシャーペンの芯《しん》が睫毛の上に何本乗るか挑戦させられたことがあった。その人の上唇はツンとめくれ上がっていた。不安気な表情のなか、その部分だけがやけに楽しそうにみえた。その上唇の形状を元に、その人が幼かった頃から今日までに、どのような生活を送り、どのように容姿を変貌させてきたのかがわかった。これは、気のせいではなかった。この人を生まれた時から知っていて、間近で人生を見守ってきたことと等価の感覚をこの瞬間に得たのだ。これで、変人扱いされて一度も想《おも》いを伝えられないのは残酷過ぎる。一瞬、木偶の坊をやりたくなったけど、思いとどまった。なにか、言葉を発しなくてはいけない。

「あの、暑いので、この辺りの、涼しい場所で、冷たいものでも、一緒に飲んだ方が良いと思いまして、でも、僕、さっき、そこの古着屋で、タンクトップを買ったので、もうお金がないので、おごれないので、あれなんですけど、あきらめます。また、どこかで会いましたら」

思わぬ方向で言葉がなくなってしまった。懸命に言葉をつないでいるうちに、自分が絶望的な状況にあって、どうにもならないということに気づいてしまったのだ。

しかし、そうなってしまうと何故《なぜ》だか解放感もあり、捕らえられていたのは案外自分の方だったのかも知れないと思った。

「どういうことですか？　お金を貸して欲しいってことですか？」

「ちがう」

もう、僕からは子供の頃に覚えた言葉しか出てこなかった。

「体調悪いんですか？」

この人は僕のことなど見なかったことにして、一刻も早く、この場を立ち去るべきだったのかも知れない。

結局、僕は近くのカフェでその人におごってもらうことになった。僕達はカウンターに並んで座った。僕がメニューに顔を寄せて見ている間、その人は僕のことを横眼で不思議そうに見て、吹きだすように笑った。僕はなかなか注文するものを決められずにいた。その人はまた不思議そうに僕を見て、その視線に気づいてしまうと僕はますます自分の飲みたいものがわからなくなった。すると、その人はしばらく我慢したあと、また吹きだすように笑うのだった。一体、なにが面白いのかまったくわからなかったが、僕は段々と自分がその人を楽しませているような感覚になり、立場上は恐縮しながらも自分を終始とりかこみ窒息させようとする膜のようなものが少しずつ緩んでいくことを嬉しく思った。

店員の「ご注文は？」という二度目の催促に急《せ》かされ、あせった僕が「アイスコーヒー二つ」と言うと、その人は「勝手に決めちゃったよ」と笑って、一つをアイスティーに注文しなおした。そして、そのことに対してなにも言わない僕に「おなかすいてたらなにか食べてくださいね」と言った。

その人は、青森県の出身で沙希《さき》という名前だと言った。中学生の頃から演劇部に所属していたらしく、知り合いにすすめられたこともあり、高校卒業後すぐに女優を目指して上京した。ただし、上京する名目は進学にした方が良いという親の助言もあり、それなら実家が洋裁店を営んでいたので、後々そこで役に立てばと、服飾の大学にも通っているらしかった。

「実家は丈詰めさえできれば手伝えるような小さな店なんですけど、学校ではヨーロッパのファッション史まで教えられて大変です」

そう言って、その人は苦笑したが、学生として東京に存在していることが少なからず羨《うらや》ましかった。

名前を聞かれたので、「永田《ながた》です」と名乗ったが、名前のほかに相手の興味を満たすような話題が自分にないことを思うと不安になった。

「なんの、お仕事されているんですか？」

「仕事っていうか、僕も芝居の脚本《ほん》とか書いてるんです」

「えっ、そうなんですか？」

東京で演劇に関わる人と知り合うことは、それほどめずらしいことではなかったけれど、その人が驚いてくれたことは嬉しかった。

「劇団ですか？」

「はい。無名の劇団なんですけど」

僕は迷った挙句、ずいぶんと頼りなく自分のことを話しだしたが、もったいぶっている訳ではなく嬉々《きき》として話せるようなことなど一つもなく、むしろ、僕の憂鬱の根源はすべてこの周辺にあるのだった。

初めて演劇のようなものをやり始めたのは中学生の頃で、きっかけは入学式の数日後に開かれたオリエンテーションだった。新入生一同が体育館に集められると、各クラス何班かに分かれて短い出し物を発表させられることになった。内容も自分達で話し合って決めるのだが、僕が入った班は積極的に意見を述べる人がいなくて、なにをするのか決まらなかった。ほかの班が立ち上がって合唱の練習を始めたり、学年主任に「ボールって使っても良いですか？」と質問する声が聞こえてきても、僕達の班はほか誰も指揮をとろうとしなかった。結局、見かねた担任の指示によって僕達の班はほかの班に吸収され、変な踊りを照れながら踊らされることになった。発表したすべての班のなかから、僕達が吸収されたグループは最優秀賞に選ばれた。そのオリエンテーションの時間は僕にとって苦痛には違いなかったけれど、誰も意見を言わなかった停滞した時間のあいだ、ずっと僕の頭のなかでは、「学校全体を使ってかくれんぼをやり、誰も帰ってこなければいい」とか、「鬼の世界の発表会で鬼達によって演じられる恐ろしい桃太郎」だとか、みんなには言わないけれど色んなことが浮かんでいた。それらは、ほかの班の人達が発表したどんなものよりも優れているように思えた。

　体育館の隅から自分以外の誰かが賞賛されている光景をぼんやり眺め、なにに対してなのかわからない薄っすらとした焦燥を感じながらも、自分から発想が生まれた瞬間の全身の毛穴が開いたような言い知れぬ心地良さに痺《しび》れてもいた。

　だが、その経験がすぐに演劇に直結したわけではない。クラスに野原というもの静かな男子がいて、おたがい部活動に参加していなかったこともあり、休み時間などに会話することが増えた。彼は音楽や映画、そして文学や格闘技にも詳しかった。彼とはいろんなことを話した。「最も強い格闘技のジャンルはなにか？」という会話と並列で、「最も強い芸術のジャンルはなにか？」という話になった。答えは簡単には出せず、日によって音楽になったり、文学になったり、映画になったりした。

数日間の議論の末に二人で出した結論は、最も強い格闘技が絵画で、最も強い芸術がボクシングだという奇妙なものになった。そして総合力ならば演劇であるということになり、それには二人とも異論はなかった。

彼がもたらす様々な刺激的な情報に触発され、オリエンテーションの時に発見した自身の小さな創作意欲は一気に弾《はじ》けた。僕は自然とノートに様々なジャンルを混ぜ合わせた戯曲のようなものを書くようになり、完成するとそれを野原に読ませたり、場合によっては読み聞かせたりもして、感想をもらうようになった。

学校に演劇部はなかったから、人に見せる機会はなかった。ただ思いついたことを二人で具現化できることが楽しかった。

僕も野原も地元の同じ高校に進学してからは、一緒に大阪の難波や京都まで演劇を観《み》にいくようになった。テレビで週末に放送されていた吉本新喜劇や松竹新喜劇には幼い頃から馴染《なじ》みがあり好んで観ていたが、そのほかの演劇というと全国を巡業している劇団の公演を学校や市民会館に家族で観にいった経験くらいしかなかった。それらは子供ながらに楽しめてはいたものの社会的なテーマや教訓が前面に押し出されすぎていて、自分が求めているものとは少し違っていた。

野原に連れられていった心斎橋の雑居ビルにあった小さな劇場で、はじめて小劇団の演劇に触れて衝撃を受けたのは、突き抜けた自由度の高さだった。実験的な舞台装置や小道具の使い方、それに音響や照明の絶大な効果。なにもかもが新鮮だったし、なにより無意味で馬鹿《ばか》げたことを全力で演じきる役者達の熱量によって、ある種のカタルシスが舞台上で生まれ、それが客席で観ている自分自身の内部にまで変化をもたらすことが面白くてしかたなかった。

特別に好きな劇団があったわけではない。その頃から、誰かが作った演劇に完全に打ちのめされるわけにはいかないと考えていたし、ましてや演劇を観て感動する姿を野原に見られることには強い抵抗があった。その癖、二人で劇場に通う頻度は増え続けたので、しっかりと演劇の熱心なファンになっていたのだと思う。

高校では演劇部に在籍していたが、ほかの部員達と共同で制作することはなく、僕が書いたものを野原と時間をかけて作りこみ、人数が必要な場合だけほかの誰かに参加してもらうという恰好《かっこう》だった。僕達のほかに熱心な部員はいなかったので特に誰かに煙たがられたりすることもなく、制作したものを学園祭で発表することができた。自分が書いたものが人間の肉体と肉声を通して再構築されることが奇跡のように感じられたし、それが観ている人に伝わった時の快感はなにものにも代え難かった。そして、いつの間にか自分が演劇以外の方法で生きて行くことが不可能であると思うようになった。

高校卒業後、大阪で演劇を続ける方法もあったが、大阪は既にシーンが確立されていて、その系譜につながっていない自分に居場所などないように感じたし、そこに打って出る勇気も持ち合わせていなかった。また、その状況を自分達がすぐにひっくり返せるとも思えなかった。それに比べて東京は混沌《こんとん》としていて、何者かもわからない人間が突然変異のように頭角を現す可能性を含んでいる印象があった。だが、それはあくまでも希望的観測に過ぎず、実際には大阪とほとんど状況は変わらず、むしろ人数が多い分、東京こそ奇跡的な要因が複数なければ成功するのは困難だった。才能の問題はおいておくとしても、演劇の関係者に知り合いは一人もいなかったし、演劇史や演劇論を学んだことがないことも今さらながら自分を不安にさせた。

上京後、すぐに野原と二人で『おろか』という劇団を旗揚げしたが客足は重く、また公演を重ねるたびに酷評の嵐《あらし》だった。インターネットが普及して間もない頃、野原と新宿の漫画喫茶で始発待ちをした際に、初めてネットで自分の劇団の名を検索してみて、衝撃を受けた。名前がヒットした時は自分がこの世界に存在していることを認められたような晴々としたものを感じたが、喜んだのもつかの間、そこに綴《つづ》られた公演の感想や劇団の印象はすこぶる悪く、人から生まれた人間がここまで馬鹿にされていいものかと半泣きになったほどだった。ひとつでもなにか良いことは書いていないかと期待して書かれたものをすべて読んだが、口ぎたなくののしられ、愚弄《ぐろう》され蹂躙《じゅうりん》され、救いなどどこにもなかった。書き込みと保管しているアンケートを照らし合わせて、アンケートの住所を元に酷評している奴等を殺害しにいくという想像のとりこになったこともあった。

しかし、今そのような暗い感情をアイスコーヒーを飲ませてくれているその人に打ち明ける気にはなれなかった。

「さっき、すごく怖かったですよ。追ってきましたよね」と言う、その人の少し鼻にかかった声は外で話していた時よりも明るくはあったが、まだ充分に疑念の響きを含んでいた。

僕はまっすぐに前を向き、棚に整頓《せいとん》された酒瓶を眼で追っていた。

その人は、「夜はバーになる店だな」と問いかけとも独り言ともとれる調子でつぶやいた。僕が眺めていたものに気づいたのだろう。

「ゴマって、口のどこかに隠れてて、だいぶ時間たって出てきたりしますよね」

僕がなにも言わないので、その人は自分で話題を見つけて、一人でクスクス笑いながら話してくれた。特に面白い話ではなかったが、その人の声を聞いていられるだけで嬉しかった。その人はたまに両手を下にだらりと垂らしたまま口だけでアイスティーにささったストローをくわえていて、変な飲み方をする人だなと思ったが、それは僕の飲み方の真似《まね》をしているのだと途中で気づいた。

棚には殺し屋みたいな名前の酒が並んでいた。ズブロッカは汚い服に身を包んだひどい猫背で、何度も頭を下げ謝りながらナイフでブスブス肉を刺し、独り言をつぶやきながら地下鉄に乗って帰っていきそうだし、ブラックブッシュは相手の身体《からだ》を持ち上げコンクリートの壁にぶつけ骨を砕き死体の匂いがするまで繰り返しそうな名だ。ジャックダニエルは相手の口に靴下を詰めこみ、着ているタートルネックをひっぱりあげて頭上で摑《つか》み、笑いながら殴り、血を吸いこませて窒息死させる。ラフロイグは優しそう。ジョニーウォーカーブラックは内ポケットに針のようなものを隠し持っているけれど殺害される側の人間だ。僕は誰に聞かずとも最初から彼等の存在を知っているような気持ちになった。

頭のなかで構成され熟成され審査を受けて、結局空気に触れることのない言葉と、生まれた瞬間空気に触れる言葉がある。

その人は話すことをあきらめて、手を使わずにストローでアイスティーをすっている。僕の視線に気づくと、そのままの体勢で目だけを動かし、「見て、だいぶうまくなったよ」と言った。僕も手を使わずにストローだけでアイスコーヒーを飲んだ。その人に、棚に並ぶ酒が殺し屋だったら誰が一番強いと思うかを聞いた。

「哲学だね、得意だよ」

その人はカウンターに両肘《りょうひじ》をつき、棚を見つめたまま何度か頷《うなず》くと、「山崎」と言った。

「山崎？」

「はい、すごい強そうです」

たしかに山崎は強そうだ。その一群の中で「山崎」という漢字二文字のラベルは、どの酒よりも際立《きわだ》って存在感が強かった。山という言葉に重さがあり信頼できた。崎の濁《にご》る音で破壊力を、そして最後の一音で疾走感と緻密《ちみつ》性を感じさせた。外国の酒とは別の迫力がある。

それから、僕が酒の名前で想像するいろんな殺害方法を提示するのを、その人は熱心に聞いていた。

もう、ストローを吸っても氷がとけた薄い味しかしなくなり、その人の声を聞いていないことに気づいた。くだらないことを長々と話してしまったことを後悔した。僕が黙ると、その人は「焼酎《しょうちゅう》だと最強の殺し屋がまだいそうだね」と言ってくれたので救われた。

店の外に出ると、夕暮れだった。白いマンションや白い人間達から順に夕暮れの色になっていく。冷房でひえきった肌にあたる温《ぬく》い風が心地よかった。それを言おうと思ったが、それくらいのことではなく、もっと良いことを言おうと思っていたら、なにも言えなかった。

首輪をしていない犬がよだれを垂らし歩いていた。

「野良犬《のらいぬ》かな？　渋谷で野良犬ってかなりレアだよね」とその人が言った。

その犬が路地の角を曲がるまで、そこにいた全員が犬を見ていた。

その風景は、僕とその人に対して平等に与えられたものだったから、とても僕を安心させたが、そのあと、お腹《なか》が減ったと笑う彼女に僕は脅威を感じた。もう僕は一人になって、ゆっくりと息を吸い窒息しそうな状態から解放されたいと勝手なことを思っていた。郵便局のATMで一万円をおろした。突然、郵便貯金が恥ずかしいことだとわかった。まだ六日なのに一万円が残金のすべてで、それなのに切迫感がない。慢性的な憂鬱もどこかに消えていた。二人で適当に入った店で、安いパスタを食べて、その人の横顔を盗み見た。やはり、上唇が楽しそうにみえた。その人は僕の顔を見て、

「あれ、そんな顔だっけ？」と言った。僕は自分の顔がよくわからないけれど、昼間

とは違うのだろうということは想像できた。

「酒を殺し屋に見立てるくだり、まったくいりませんでしたね」と僕は自ら反省を口にした。なぜ僕はすぐに一番強いものを決めたがるのだろう。

「それより、あの犬なんだったんだろうね」とその人は言った。

夜の匂いのする公園通りを抜けて渋谷駅まで二人で歩いた。パルコの光が優しく見えたのは初めてだった。別れ際、最後はどうやって離れればいいのかわからなかったので、少しだけ走ってしまった。その人はいつまでも手を振ってくれていた。

得体の知れない男からようやく解放された安堵《あんど》が、顔に浮かんだ。勝手に巻き込んでおきながら、僕の身体にも一人になれた解放感があった。電車に乗るまでの足取りは軽かったし、井の頭線の車内から見える夜景を美しいと思える余裕すらあった。いつまでもつだろうか。次に不安が押し寄せて来るのはいつだろうか。それを考えないように。視界が狭くなって叫びたくなったら今のこの感じを思い出せばいい。そしたら余裕ではないか。僕はちゃんとできている。あとは、なにも考えなければいい。朝まではもちそうだ。

夏が終わるまで、沙希は実家に帰省していたので会うことはなかった。あの日の沙希に対する自分の行動を思い返すと怖くなった。そして、沙希の行動は自分自身を守るための最善の方法だったのだと気づいた。連絡先は交換したけれど、電話をかける理由がなかった。おそらく、かけたところで出てくれないとも思った。携帯電話でメールだけは何度か送ったが、時候の挨拶《あいさつ》などどうしようもないものばかりだった。再会を果たせるかどうかも気がかりだったが、十月に下北沢の駅前劇場で公演を控えていることも不安の一つだった。

知りあいを介して脚本を依頼されたのだが、それが七月末のことで、とにかく時間がなかった。もともと、それなりに客を呼べる劇団の主宰が書くはずだったが、トラブルがあり穴があいたので誰か暇な奴を探していたのだろう。劇場の関係者から連絡が入り、プロデューサーと直接電話で話し依頼を受けた。『おろか』の公演を一度観たことがあり地盤のしっかりした演出に興味を持ったという話だったが、自分の劇団は前衛を標榜《ひょうぼう》し、周囲から荒削りと馬鹿にされていたので、今思うと地盤云々《うんぬん》とは怪しい評価だった。ただ、脚本と演出の依頼が来たことに眼がくらみ、誰にも相談せず即答で引き受けてしまった。

劇団『おろか』は結成して三年になるが、ほかの劇団が稽古場《けいこば》として使用する、下北沢一番街にある八幡湯《はちまんゆ》二階の下北ファインホールという、申し訳程度に低い舞台があるだけの場所に薄い座布団《ざぶとん》を並べての公演がほとんどだった。無論、搬入設営受付搬出などはすべて自分達でまかなった。照明や音響は限られたものしか使わなかった。何度か、参宮橋トランスミッションという八十人入れば満席の劇場でも公演を打ったが、チラシ代や小屋代を捻出《ねんしゅつ》するのに随分と苦労した。現状では、下北沢駅前劇場で『おろか』が公演をすることは不可能だった。今回の主催者は駅前劇場で公演を何度か打った実績があるのだろう。そして、期せずして脚本の話が僕のもとに転がり込んだのだ。

しかし、問題もあった。出演を予定していた役者達は脚本家の辞退にともない一人残らず撤退していたので、役者を今から探さなければならないという状況もあって、毎日のように脚本の進行の程度を問うメールが届いた。とはいえ、僕には自分の劇団もあるのだから最悪役者はなんとでもなると思っていたら、そちらも思うようにはいかなかった。自分を含めて五人しかいない劇団員のうち、二人が劇団を辞めたいと申し出たのだ。とりあえず全員で集まり話し合うことになった。その二人は僕よりも年下だったので、なんとか説得する自信はあった。

待ち合わせ場所である下北沢の鉄板焼き屋に入ると、すでに全員がテーブルに揃《そろ》い酒を呑《の》んでいた。野原が僕に頼りなく笑いかけたので、嫌な予感がした。野原とは中学以来の長い付き合いだが、昔から感情を表に出さない男なので何を考えているのかわからない時があった。彼がずっとウサギを飼っていたことも僕は最近になって知った。そんな野原が僕に笑いかけたのだ。さて、どうやって話を切り出そうかと鉛《なまり》のような気分で野原の隣に座った。

辞めたいと申し出た二人とは向かい合う形になっている。金髪で長身の男が戸田で、打ち上げや酒席では大体この男が座の中心になった。坊主刈《ぼうずが》りで細身な男が辻《つじ》だった。地味な男だったが、特徴のある高い声をしていて、どうしようもなく目立つ時があり、よく芝居の邪魔になった。そして、野原の上手《かみて》に青山という唯一《ゆいいつ》の女性団員が座っていた。青山は野原がバイトをしている居酒屋に客として来ていた女だ。僕が知らない間に戸田と付き合っていた。そのことを野原が、どう思っているのかは聞いたことがない。

「電話で話した通り、俺と辻は辞めさせてもらいます」と戸田が言った。辻は鳥のような声で「はい」と言った。弔辞《ちょうじ》を読む時もこの高い声なのだと考えると可哀想《かわいそう》だと思った。

「よそ主催のプロデュース公演やけど、秋に下北の駅前劇場で公演決まってん。それに出てもらいたかってんけど」

「もう決めたんで」と戸田が応《こた》えた。この話をすれば、二人とも考え直してくれるのではないかと楽観的に考えていたが意志は固いようだった。野原は無言でキュウリの浅漬けを食べている。鉄板でなにかを焼けるような雰囲気ではなかった。

ほかの席で「焦《こ》げたのはわしが食う！」と何度も叫んでいる男がいた。その男に釣られて店中のテーブルでいっせいに声が大きくなり、僕達のテーブルでは僕に対する不満が噴出した。

みんなの意見をまとめると、僕は前衛を履き違えているらしく、現代でもっとも避けるべき手法を得意気に実践してしまっていて、ほかの劇団からも馬鹿にされているらしかった。このような状態では、この先、劇団が大きくなることは絶対にないということだった。

「変なことして、動員が減ることを『おろかってる』って言うらしいですよ」と、戸田が苦笑しながら言った。

「駅前劇場は止《や》めといた方がいいんじゃないですか」とか「まじで恥ずかしいんですよね」とも戸田は言ったかも知れないが、正確に聞き取ることを耳が拒否していた。

そこまで言われると、僕にとっても彼等を引き止める理由はなくなった。

「永田さん実家帰って古着屋とかやった方がいいですよ」と戸田が調子にのって話し

続けている。

「なんで古着屋なの？」と青山が言った。

「だって、永田さんよくアロハシャツ着てるから」

　空いたグラスを下げに来た若い女性店員にこの会話を聞かれたくないと思った。

「前回公演のアンケート読みました？　あの酷《ひど》い言われようのやつ。僕の意見じゃないですよ、一般論ですから」

「一般論なんか知らんよ」と答えた声が少しだけ震えたが気づかれてはいないと思う。

「それ、言っちゃうんだ」と辻が言うと、「私も思った」と青山が笑った。

　彼等を辞めようと決心させた前回の公演は『カギ穴』という舞台だった。舞台上に三人の役者を好きなように座らせる。青山は読書をしていて、戸田はガンダムのプラモデルを作っていて、辻は座っているだけだった。進行役の野原が客席から観客を一人ずつ舞台に上げ、観客が普段から実際に使っている自分のカギを三人のカギ穴役のうちの誰か一人に渡す。カギを渡された役者は、そのカギにまつわる物語を即興で語りだすというコンセプトだった。この公演を行うにあたり、稽古場では徹底して役者の身体的な感覚と、耳を澄ませてイメージを聴きとる力を高めさせた。最初はそんなことは現実には無理だと投げやりだった役者陣も稽古を重ねるたびに自信をつけていくようだった。自分も着想の時点では半信半疑だったが、感覚を研ぎ澄ませているうちにカギが響かせる声が聞こえてくる感触があった。実際に演者の前でも実践して見せた。カギの形状、カギの持ち主の風貌に触れて、考えるのではなく、聴くという行為に没頭する。本番が近づいてきた頃には、三人ともが驚くほどの成果を稽古場で見せた。青山はカギ職人の親子にまつわる話を即興で聞かせたし、戸田は一つのカギで偶然開いてしまう三軒の家について淀《よど》みなく話した。カギとしては欠陥かもしれないが、その家ごとの違いと緩やかな共通点に僕達はおののいた。辻はカギが聞いていた持ち主の悩みを落ち着いた調子で語るまでになった。僕達は未知の扉を開いてしまったことを事件として共有した。前日のリハーサルでは戸田、辻、青山の三人は昂《たか》ぶる気持ちを抑えきれずに涙を流して本番での成功を誓い合っていた。そんな時、当事者でありながら、その渦中《かちゅう》に入っていけないのは僕と野原の短所だと思う。

しかし、本番は予期せぬ事態になった。まず、観客の入りが思っていたより少ない。そして、ほとんどの観客が恥ずかしがって舞台に上がることを拒んだ。ハンドマイクを握って客を誘導する野原も必死の形相だった。ようやく舞台に上がってくれた客は座席にカバンを置いているものだから、また座席にカギを取りに戻らなければならなかった。野原はマイクで「前に出られる方はカギをあらかじめ用意しといてくださいね」と声を張った。そんな緊張感のないぬるい雰囲気に呑まれた役者達は連日の稽古によって作り上げてきた機能を完全に停止させてしまった。自分を陶酔させるなにかがなければ能力は発揮されにくい。蓄積された技術を拠《よ》り所《どころ》にしている場合なら劣悪な環境でも最低限のパフォーマンスを披露できたかもしれないが、ほとんど自己暗示に近い状態で舞台に立っていた役者にとっては難しい場だったと思う。

最初にカギを渡された辻の手はみっともなく震えていたし、青山は物語に入る努力もせずに、へらへらと笑い、「今日は、おひとりですか?」などと握手会のような妙なテンションで会話をする始末。戸田は異常なほど汗をかき、稽古場で言っていたのと同じ話をたどたどしくするという狡猾《こうかつ》ささえ見せた。

「お前らやからこそ、できると思ってんけどな」と僕は誰に言うでもなくつぶやいた。

「役者ってモノじゃないから。なんだよカギ穴って」

戸田は乱暴に言う自分の言葉で興奮しているようだった。

「モノとしては扱ってないよ。カギの記憶を語るカギ穴は、もはやモノでもないし。役者がカギの物語を話すことによって、直接はカギを役者に託すことがなかった観客達も自分が持ってるカギの見方に変化が起こるやん。そういう観客の日常に影響を及ぼすようなのをやりたくて、その方向性はみんなも了承してたやん」

そう僕が言うといっせいに溜息が漏れた。

「反対したけど聞いてくれなかったんだよ」

戸田は苛立《いらだ》ちを隠そうとしない。

彼等なりに傷ついたのだと思う。たしかに僕は彼等を守ってやれなかった。公演時間が余り過ぎて、最後は野原が地元にカギっ子の不良三兄弟がいたというコンセプトとつながりの薄い話を長々とやり、唯一それが少しだけ観客の反応を誘い、結局すべてが台無しになった。客席の一番後ろの席に座り自分が引き金となった大惨事を観ていた僕は、前日に役者達が感情を昂ぶらせて泣いていた姿を本番の舞台上に重ね、その二つの風景から生じた差異の残酷さを自虐的に笑うしかなかった。

着ていたジャケットがいつもより派手だったことが恥ずかしくて、カーテンコールのない終演後すぐに脱いで手に持った。

たしかに、あの公演の中途半端《ちゅうとはんぱ》な仕上がりは強烈な批判にさらされた。それは仕方ない。しかし世間からの嘲笑《ちょうしょう》には向きあえても、仲間からの非難はほとんどリンチのようなものだ。

ソースの焦げた匂いがしている。それぞれのテーブルから立ちのぼる、焼かれた食材と煙草《たばこ》のけむりが天井にぶつかって店中に充満していた。この店には家庭用ではなくて業務用の換気扇が必要なのだと思う。

「それ焦げてないか？ 焦げたのはわしが食う！」

さっきから、そればかり叫んでいる誰かがいる。

「私も辞めたいんです」

青山の声が雑音の隙間《すきま》を縫って耳に届いた。

この女はいつもこういうタイミングで話しはじめる。もともとが目立ちたがり屋の性分で場の中心になる機会を眈々《たんたん》とうかがっていたのだろう。今、僕を攻撃すれば少なくとも二人の擁護者を得られるし、劇団としても唯一の女性であるということは才能の有無に関係なく貴重であるため、残るように懇願されると踏んでいるのだ。こういう計算をする人間は僕がもっとも忌《い》む嫌悪《けんお》の対象だった。

「なんで？」

「永田さんと話していると、自分が評価されていないってわかるんです。さっきの話ともつながるんですけど、女役っていうことでしか見てませんよね？ 役者として見てくれたことは一度もないと思うんです」

役者を褒め続けるのが演出家の仕事ではない。お遊戯会じゃないのだから、お互いに褒めあって、偽りあって、傷を舐《な》めあっても変化は起こらない。

「いや、女の子がいると助かるというか。ならではの視点もあると思うし」

「ほら、今出ましたよね、『女の子』って。私のアイデンティティって、それだけ？　結局、永田さんは、その前時代的なフィルターを外せないんですよ。そういう独裁的なコンセプトしか掲げられない人にはコミットできないんです」

なぜか複雑な話になっている。男と女という性別がある世界の価値観のなかで、それを区別しているだけで差別しているわけではない。白色も黒色も色であって、だから白とか黒とかではなくて色として尊重しろということだろうか。こっちは白も黒も好きだったり、嫌いだったりするということなのだが、もう怖くて下手なことを言えない。

「もう、言うわ。そんなソフィスティケートされてない感覚では、この先やっていけないですって」

そう青山が言うと、戸田と辻が「言うね」などと言いながら、わざとらしく笑ったが、僕は何を言われているのかよく理解できていなかった。野原の方を時々見るのだが、まったく僕と眼を合わさず、助けようとしないのが少しだけ面白かった。

「キミ達に、そんな不満があるなら、そのときに言うてくれたらな」

「永田さん、責任転嫁《てんか》は止めましょうよ。俺達が意見しても、なにも聞いてくれなかったじゃないですか」と鳥のような声で辻が口を挟んだ。

「でも、なんか俺だけがカスみたいに言われてるけど、俺から離れたあと、キミ達が劇的に成功するってこともないやんか？」

「わからないじゃないですか」と青山が口を尖《とが》らせた。

「キミ達が俺に言うてることとって、俺がキミ達に言うたことと一緒やで。人の可能性は平気で蹂躙するくせに、キミ達の希望は擁護するんや」

「いや、そういうこと言ってるんじゃないよ」と戸田が言った。

「いや、キミ達が言ってるのってそういうことやで」

「『キミ達』っていうの止めてもらえます？　マジキショイっすよ」と辻が怒りを露《あら》わにすると、野原が一瞬声を出して笑ったが、すぐに顔を伏せて黙った。

もう関係を修復するのは不可能だと思った。それにしても、なぜここまで言われなければならないのだろう。

「作品は批判されて当然っていうのは、そうなんかもしれんけど、だからって、その暴言をなにも感じずに受け入れて前向きに次に活《い》かせるかっていうたら別やろ？　それは支配者達が奴隷《どれい》を管理しやすくするために生み出した理屈ちゃう？」

「違いますよ」と青山が言った。

それは自分でも違うかもなと思った。

「そもそも、そんな前向きに生きていけるんやったら、演劇なんてやらんよ。勉強しなさい。綺麗《きれい》な服着なさい。髪型ちゃんとしなさい。美しい言葉を使いなさい。それに疑問も持たんと全部言う通りにしてきた人間がどう間違えたら大学も行かんと働きもせんと東京出てきて劇団なんてはじめんの？　表現に携わる者は一人残らず自己顕示欲と自意識の塊やねん。俺もキミ達も。相手から受ける攻撃減らすために笑ってるだけやろ。そもそも、はなから馬鹿にしてたキミ達に否定されたところで反省しようとは思われへんな。あと演劇って一般論が介入できないとこやと思ってるから、一般論を語りたいだけの奴とは話されへんな。たとえ、俺の言うてることがキミ達の知ってる一般論に含まれていたとしてもな」

「結構、傷ついてたんだ。繊細なんですね」と、青山が言った。

「演劇やめろって言われてるように感じたから」

「そう思ったなら、謝りますけど、永田さん、もう言ってること危ない人っすよ」と戸田が言った。そういうことになるのだろうか。

「そんな簡単に謝れば済むんや。ほんなら、今から俺が青山に、一生忘れられへんような暴言吐いて、すぐに謝るから、みんなで朝まで慰めたってや」

「はぁ？」と戸田が声をあげた。

「永田、それはやめとこか」と野原が申し訳なさそうに言った。こんな奴等《やつら》に野原の前で愚弄されるのは耐えられない。

「なんで？ 同じことやん。暴言吐いても謝ったら良いんやろ？ 青山ちゃん、親含めて背負わなあかん身体的な暴言と、自分のこと良《い》い女と勘違いしてる馬鹿女が一人で苦しむ暴言があんねやけど、どっちから聞く？」

「やめろよ！」戸田が叫んだ。

少し前から、青山は眼を赤くしていたが、それでも泣くまいとしている表情が嘘《うそ》っぽかった。

一人で店を出た時には、とっくに終電はなくて三鷹まで歩いて行くのは不可能だろうと思ったが、とりあえず井の頭通りを目指して歩いていると、背後から自転車が近づく音がして、破裂音が響き、太ももに激痛が走った。次の瞬間、地面が眼の前にあって自分が何者かに殴られたことがわかった。そいつは自転車から降りて、僕をなにかで殴り続けた。音と感触で傘だとわかった。折れた傘で男はしばらく僕を殴り続けた。排水溝から黴《かび》臭い匂《にお》いがした。男は倒れた自転車を起こし、走り去っていった。その後ろ姿を見て、ああ、辻だったかと意外に思った。そのニルヴァーナのTシャツは引越しを手伝ってくれたお礼に、僕があげたものだった。新聞配達の自転車が、倒れている僕に声も掛けず通り過ぎていった。

九月に入り、下北沢の公演の主催者からタイトルだけでも決めて欲しいと連絡があり、何も決まっていなかったので『その日』ということにした。また、脚本を早く仕上げてもらわないと出演者を決められないと煽《あお》られるので、急場しのぎで、脚本のイメージに相応《ふさわ》しい役者をこちらで集めるので、もう少し待って欲しいと提案したところ、受け入れられ、よくよく考えるとこれですべて背負わされた状態になってしまった。脚本を書く時間はあるのだが、才能の問題でなかなか書きはじめられずにいた。演者に関しては野原に相談することにした。

東京に戻った沙希とメールのやりとりは何度かあり、返信を確認するたびに、その文面から相手の心情を勝手に想像し、一喜一憂していたが、向こうから先にメールが送られてくるようなことは一度もなく、時折そのことを思い落胆した。このあたりで覚悟を決めて具体的に誘ってみるべきなのだろうけど、断られるのが怖くて、なかなか実行に移せなかった。

下北沢での話し合いの帰り、路上で辻に襲われたことは誰にも言わなかった。あんな鳥のような声をした青年に殴られたことが恥のようにも思えたし、誰にどう伝えればいいのかもわからなかった。戸田からは、「あなたは狂っています。考え方も古くて青臭いです。一般論が嫌いなようですが、あなたが言っているのは淘汰《とうた》された古い一般論です」といういきり立ったメールが送られてきた。青山からも「キサマニトウ」から始まる全文カタカナの呪《のろ》いのようなメールが送られてきたが、気味が悪かったので読まずに、「演出過剰、読むに値せず」と返信したら、「マジ死ね」と、ようやく人間らしい言葉が送られてきた。野原の話によると戸田、辻、青山の三名は新しい劇団を立ち上げ、「『おろか』を潰《つぶ》す」などと息巻いているらしかったが、こちらははなから潰れているようなものだった。

毎日、昼過ぎに起きても特にやることがなく、煎餅《せんべい》布団に寝そべったまま天井の木目を飽きるまで眺める。壁が薄い木造アパートでは隣人が流す音楽で眼を覚ますことも多かった。拾って来た木材で作った手製のテレビ台は左右で高さが異なり、常に画面が歪《ゆが》んでいた。室内アンテナは風の強い日や雨の日は映りが悪く、いつの間にかテレビも見なくなった。部屋では、ほとんど文庫本をめくって過ごした。窓の外が夕暮れめいてくると急かされた心地になり、ようやく家を出る。そこから、ウォークマンで音楽を聴きながら一時間ほど歩き、喫茶店で脚本を書く。疲れたら古本屋で小説の背表紙を眼で追い、次の喫茶店を目指す。毎日これを繰り返しているだけだった。

ノートにはいくつかの設定が書かれている。『巻戻し、停止、再生』というものは、舞台上で巻戻しの動きを役者達が演じる。背景のスクリーンには、世界で起こった歴史的な事件の映像がやはり逆回転で流れている。映像と役者の動きは連動していて再生した時にどのような光景が現れるか観客がそれぞれ脳内で想像しやすい状況を作っておく。そして、突然、鉄槌《てっつい》が振り下ろされたような爆音が響き、映像も役者もすべての動きを停止する。沈黙があり、再び鉄槌が振り下ろされると、劇場全体になにかが蠢《うごめ》くような小さな振動音が鳴り、再生が始まる。すると、人を舐めくさった馬鹿な踊りと映像が轟音《ごうおん》で永遠に続くという内容。思いついた時は面白そうな気がしたが、何日か寝かしてみると怒られる気しかしない。

こうやって僕は自分と誰かの眼の狭間《はざま》で折り合いをつけてなにかをもがれていくのだろうか。いや、自分から生まれた発想が本当に自分を突き動かす力を持っていたら、僕は他人の評価など構わずに、なんでもやってしまうだろう。結局そこまでの水準に達していないのだ。なにが足りないのか。実験的なことを試すことが悪いとは思わない。今までも散々似たような挑戦をして失敗を繰り返してきた。一つの発想だけを拠り所にして最終的に馬鹿馬鹿しい落ちがあるという流れに自分でも飽きているのではないか。仕掛けが先にあるのではなくて、もっと感情が様式をなぎ倒すような強靭《きょうじん》なものを作りたい。自分の演劇を作りたいという欲求は趣味という言葉で片づけてしまっても良いのかも知れない。では、その趣味が演劇でなければいけない理由が自分のなかにあるのか。ある。あるという感触がほとんど確信としてある。だが、あるということしか現段階ではわからない。そこに具体的な理由がつけられない。演劇が世界に対して出来ることはなんだろう。そもそも社会的なものである必要などないのだろうか。僕の苦悩や怨念《おんねん》めいたなにかを世の中に吐きだすためのツールとして演劇を使おうとしている時点で古いのだろうか。演劇は、もっと軽やかなものなのだろうか。井の頭公園にある神田川《かんだがわ》源流から歩きはじめ、久我山《くがやま》を越えたあたりだった。脚本を書く時は、いつも書き出すまでに時間がかかった。自分はなんのために演劇をやっているのか。演劇である必要性はあるのかという問いから考え出すことも頻繁《ひんぱん》にあった。そして、歩きながら舞台の初日を想像する。客席に人が座りはじめる。それぞれが秋の匂いを劇場に運んでくる。歓談の隙間から静かに音楽が聴こえている。人が増えざわめきは徐々に増していく。音楽も音量を上げていき、客席の照明が緩やかに絞られる。まもなく幕が開く。心拍数が上がる。なにができて、なにができないのか。

役者の人数は少ない方がいい。ほとんど装飾のない質素な舞台上に一人の女がいる。倦《う》んだ哀愁を引きずった、生身の人間だ。女は暗い部屋の中でわずかな灯りに照らされている。ほとんど啓示だった。いつも、この瞬間を待っている。この瞬間のために自分は存在していると少しの間だけ信じることが出来る。人間の根源的なものと向きあうものを書いてみよう。幾日か洗髪していない人間の頭皮の生々しい匂いや、かさぶたを剝《は》がし血がにじんだ時の痛みを書こう。

僕はほとんど脚本が完成したような気持ちになり、次の舞台に必要な役者は女が一人、男が二人であることを野原にメールで伝えた。そして、返事を待たず躁《そう》状態のまま「デートってどうやって誘うの?」と送った。すぐに、「舞台の件、了解。家具を見にいきたいからついて来て、って言うたらええねん」というメールが返ってきた。

心臓の音を聴きながら、久我山稲荷《いなり》神社境内のベンチに座り、野原の指示通り、「明日、渋谷に家具を見にいきます。もし、暇やったらついて来てくれませんか」という文面を沙希に送った。

メールを送った瞬間にはもう絶望していて、この失恋をかてに脚本を書こうと思っていた。

草履《ぞうり》の鼻緒に触れる皮膚がこすれて痛かった。顔を上げると境内は暗闇《くらやみ》に包まれていた。右のポケットが振動し、携帯をひらくと「ごめん！　全然暇なんだけど！」という文面だった。それを眼にした瞬間、頰肉が溶けてしまうあの感覚。ドブにあごまで浸《つ》かっているかのように身体が重たくなった。現実の痛みは常に予想を凌駕《りょうが》する。「今まで色々と御迷惑をお掛けしました。いつか、お会い出来ましたら珈琲《コーヒー》代をお返しします。どうぞお元気で」という簡単な言葉を送信した。そして野原に電話をかけた。野原はすぐに出た。どのような話にも順応できる完璧《かんぺき》な「はい」という応答だった。

「家具誘ったら、思いっきりふられてもうたやんけ」と僕は苦情を言った。野原は「知らんがな」と言って、声を出して笑った。八月初頭からの沙希との出来事を野原に詳しく話すと、「ストーカーやん」と言って笑い飛ばしてくれた。家具を一緒に見にいくという提案の真意について聞くと、あっさりと雑誌に出ていたと言った。お互いの趣味も知れて、将来の話もできて、相手の経済感覚もわかると書いていて納得したらしい。

「その雑誌、信用できるんか？　締めきり迫ってた男前のライターが適当に書いただけかも知らんやんけ」

「考え過ぎや。俺が次使おうと思ってたやつやで。つけようと思ってた子供の名前を友達にあげたみたいなもんやで」

「ほんなら、いつか子供産まれたら、お互い同じ名前付けような」

「なんで、そんなことせなあかんねん」と野原は笑う。

中学時代、同じクラスの野原に笑ってもらいたくて、いつも発表する予定のない戯曲をノートに書いては、休み時間や放課後に野原を捕まえ読ませていた。登場人物が二人のものを野原と僕で役を分けて体育館の脇《わき》で音読したこともある。卒業したら、同じ地元の高校に進み自分達の劇団を作ろうと提案したが、野原は受け入れてくれなかった。「永田が考えることは面白いと思うけど、こんな田舎の中学にお前みたいなんがおるってことは、全国のどの中学にも一人ずつくらい、お前みたいなんがおると思うねん」というのが理由だった。唯一、認めてもらいたい人間からの、この言葉は重かった。野原は大阪市内の進学校を志望していた。野原と一緒でなくては演劇はできないと考えていた僕にとって幸運だったのは野原が受験に失敗して、結局は僕と同じ地元の高校に入ってきたことだ。受験に失敗したことについては特になにも言わず当たり前のように入学式にいる野原を見るとおかしかった。

演劇をやる以外には特徴のない三年間を過ごした。夜中に戯曲を書き、完成すると野原の家まで見せにいった。野原の家の近所の公園で実際に二人で演じてみることもあった。

「俺達は今なにやってんの？」と、たまに野原は冷静に自分たちの不毛な行為を浮き彫りにしたが、そのたびに僕は情熱で彼を黙らせた。

「でも、それって、ふられてんの？」と野原は最後に言った。電話を切ると、足元から肌寒さを感じた。はき潰して黒くなった草履を見ながら、鼻緒というのは本当に切れることがあるのだろうかと思った。もう風が冷たい。時間を確認しようと携帯を見るとメールが一件入っていた。沙希からだった。

「違うよ！　ぜひってことだよ！　明日、昼以降は空いてるよ」

この頃、若い世代で少しだけ流行《はや》っていた定型の言いまわしがあったのだと、あとから知った。

渋谷の西武百貨店のあたりで午後五時に待ち合わせた。人込みの多い場所に行くと、周りとの差異を意識して、極端に歩くのがへたになったり、うまく話せなくなることがあったが、沙希と会えると思うと悪い予感も消えて体調もいいように感じられた。約束の少し前に到着すると、百貨店に備えつけられたベンチに腰掛ける沙希の姿が眼に入った。隣には髪を染めた華奢《きゃしゃ》な男が座っていた。どういうことだろう。すると、沙希の方でも僕の存在に気づき、こちらに手を振った。彼女が笑うと微《かす》かにまわりの空気が膨らむ。華奢な男は僕を一瞥《いちべつ》し腰を上げると沙希に軽く頭を下げて去っていった。

「久しぶりだね、前髪伸びてきたね」と、いつの間にか眼の前にいた彼女は明るい調子で僕に声を掛けた。少し鼻にかかった声は僕を一瞬で生きた心地にしてくれた。雑踏に酔うこともなく、爪先《つまさき》から頭頂まで、すべてを自由に動かすことができた。

「誰かおったけど、大丈夫？」

「なんか美容師さんで、カットモデル頼まれただけだよ。でも髪切ったばかりだから断った」

「すごいな」

「すごくないよ。ただの練習台だからね。でも無料で染めたりしてくれるから、たまに切ってもらうんだよ」

渋谷に来る習慣のない僕にとって、そのようなシステムがあることすら初耳で、これがこの人の日常なのかと少々気後れした。一緒に歩くと、沙希は信じられないほど美容師やら雑誌の編集者やらに声を掛けられた。知らない人ばかりらしい。僕は数歩離れたところから、沙希に話しかけた人物の死角に入り、眼が合わないようにした。

沙希は美容師や編集者と笑顔で話しながらも時折、僕を気にして笑顔で手を振ってくる。そのたびに彼女と話している人たちも僕に向かって会釈《えしゃく》したが、僕は知らない人に話しかけられるきっかけを作りたくなかったので、すべて無視した。沙希は一人一人に笑顔で対応していたが、これほど、愛想のいい人の顔面を引きつらせた、あの日の自分はいかに異様だったのだろう。そんな異形のような自分と沙希が一緒にいることに少し興奮する感覚もあった。普段、街中で僕に話しかけてくるのは警察か売人が圧倒的に多かった。その警察がなぜ売人を見つけられないのかが不思議なほどだった。次に多いのは宗教の勧誘となにかを無理やり売ろうとする人だった。変な絵を売られそうになったときは暴れ損ない、ずっと相手から嫌味を言われていたし、怖い人達に映画の回数券を売られそうになったときは、父親が有名な犯罪者で勝手にものを買うと殺されるのだと嘘をついた。実際の父親は現場での過酷な肉体労働を生業《なりわい》としていた。

「ごめんね。次から断るね」と沙希が申し訳なさそうに言ったので、「大丈夫やで」と応えた。なぜか僕は少しだけ誇らしかった。

親の仕送りで飲み会をひらき、道端で倒れている同世代の人間を僕は嫌悪していた。暗闇で男女が酒に酔いながら踊るような場所に通う奴、浮かれたように雑誌に載っている奴、それらはみんな、親の金を嘔吐《おうと》に変えているしょうもない奴等であると思っていた。だが沙希を知ると必ずしもそうではないと思うことができた。

「なんで、話しかけられたらどっか行っちゃうの？　なんか面白いんだけど」と沙希は言った。

「俺、知らん人と話すの嫌やねん」

「人見知り？」

「子供の頃から、緊張したら言葉が出てこうへんようになんねん。すごく、ゆっくりしか話されへんねん。大丈夫な時もあんねんけど」

「そうなんだ、すごい落ち着いてるから緊張しそうに見えないのにね」

「それをごまかすために、言葉が引っかからんように、ゆっくり話すねん」

「サキね、ゆっくり話してくれる人の方が、言葉の意味を考えられるから嬉《うれ》しいよ」

「沙希ちゃんはアホなん？」

「アホじゃないよ、かしこいよ」

「俺もアホちゃうで、頭の中で言葉はぐるぐる渦巻いてんねん。捕まえられへんだけ」

「わかるよ」

「身内の前では、ちゃんと話せるしな、めっちゃ早口の時もあんねん」

「すごいね！」

自分が普通の人間であることを主張するつもりが、言葉足らずで幼児のようになってしまった。

公園通りにある中古の家具屋を目指して歩いていたが、店は定休日なのか閉まっていた。すべての予定が狂ってしまった。もう駄目だと思った。

「渋谷だと家具屋いっぱいあるよ」

沙希は無邪気にそう言ったが、以前、新宿の大塚家具に時間をつぶそうと軽い気持ちで入ると、顧客情報のような用紙に記入するよう促され、スーツを着た店員に付ききりで館内を案内されるはめになった。僕が買えるような安価なものなど置いていなかった。ほかの客はみんな金持ちそうだったし、学生らしき若者は親と来ていた。僕のような汚い身なりをした者がくる場所ではなかった。なにか安いものを買って出ようと思ったが、目についた傘立てさえも一万円近くして腹痛を感じたほどだった。

「東急とか西武だと、家具あるんじゃないかな？」

「そこ、店員ついてくるんちゃう？」

もう二度とあんな思いはしたくなかった。

「そんなシステムないでしょ」

「いや、あんねん」

沙希は笑っているが、まったく笑いごとではなかった。目的地がないので、僕達はゆっくりと歩きはじめた。

「でもさ、家具ないと生活できないよ」

「ある程度は揃ってんねん」

「なんで？」

「同級生にもらってん」

誰にも話したことがなかった家具にまつわる話を僕ははじめていた。秘密にしていたわけではない。話す相手がどこにもいなかっただけだ。

上京してすぐの頃、高校を中退し僕よりも早くに東京の八王子で一人暮らしをはじめていた同級生に呼ばれ家までいくと、「バンドを解散したから、実家に帰る」と打ち明けられた。

上京するにあたり頼りにしていた一人だったので、少なからず腹がたった。彼は「夜逃げするから、この部屋にあるもん全部持っていっていいで」と言った。翌日には出発するという彼に「もう二度と、この部屋には戻らないのか」と聞くと、さみしそうにうなずいた。僕はそれを鵜呑《うの》みにした。なぜだったか、僕はその部屋の合鍵《あいかぎ》を託されていた。

その時、頭のなかで芽生えた計画については彼に話さなかった。同級生が夢をあきらめるときにせこい話をしたくなかったのだ。

数日後、僕が考えた計画を野原に伝え、レンタカーでワンボックスを借りて再び八王子に向かった。野原と僕は彼の部屋にある、テレビやコンポ、ソファーやラックにポスターまで、ありとあらゆるものを車に詰めて三鷹の自宅まで運んだ。彼には伝えていなかったが、どのみち大家が処分しなくてはいけないものだろうし、問題はないと思っていた。

だが翌週、かなり取り乱した様子の彼から「家に泥棒が入った」と電話があった。一時の気の迷いで実家に帰ったものの、また東京に戻ってきたのだ。警察に通報すると興奮する彼を、こちらで連絡するからと、よくわからない説明で落ち着かせ、「布団もないだろうから泊まりにこい」と自宅に誘った。

玄関で僕が出迎えたときも、憔悴《しょうすい》した表情で「全部持っていかれた」と何度も繰り返し、かなり動揺しているようだった。ゆっくり話を聞くからと彼を部屋にあげた。僕の部屋には彼の部屋から運んだテレビ、コンポ、ソファー、ラック、ポスター、目

覚まし時計まであった。彼は僕の部屋を見渡して、自分で買ったソファーに腰掛け、

「ありがとう、なんかこの部屋落ち着くわ」と言った。

数年前のことだったけど、話していると大昔のことのようだった。

「それで家具が揃ってるんだ。友達かわいそうじゃない」と沙希が言った。

「そいつな、『お母さんが買ってくれたやつやから』っていうて、目覚まし時計だけ持って帰ったよ」

「なんかいい話だね」

「どこが？」

「全員やさしい」

そうとらえた沙希だけが優しいのだと思った。少なくとも僕はまったく優しくない。その後、しばらくして彼は美容師の彼女と一緒に暮らしはじめたが、彼女にほかの男ができて別れると正式に実家に帰っていった。

沙希は理想的な速度で歩いてくれた。僕は自分よりも速く歩く人は嫌いだし、自分よりも歩くのが遅い人はもっと嫌いだった。おなじ速度で歩いてくれる人だけが好きだった。そうすることによって、歩く速度を意識させない人が好きだった。だが、沙希は完璧な速度で歩くことによって、僕に歩く速度について深く考えさせた。

「夕焼けでさ、太陽が大きすぎて怖いときあるよね」と沙希が言った。

「あった。犬、めっちゃ吠《ほ》えてた」

「あるよね、よかった。嬉しい」といって沙希は笑った。

空を見上げると赤と紫が妙に美しく混ざり、この空とおなじような色のビー玉を子供のころに持っていたことを思い出した。緑や赤の単色のものよりも高価なビー玉だった。最後は校舎の壁に投げて粉々にしてしまったビー玉だ。一緒に遊んでいた近所の年上にうながされたとはいえ、断ろうと思えば断ることもできた。後悔に震えてみたくてやったことだった。

「夕焼けが大きすぎてね、怖くてさ、そろばんに行くのやめて家に帰ったことあるの」

「わかる。あれなんやろな」

自分も子供の頃に、怖いと感じたことがあった。

「でも、今日の夕焼けは余裕!」

そう言いながら沙希は前方に少しだけ駆け出すと回転しながら跳躍した。

「おっ、元気やね」

着地した彼女は僕の方を振り返って笑った。

「もう一回やって」

「ダメだよ。あれはね一日一回しかできないんだよ。と、言いながらぁ」と、言いながら沙希は再び前方に駆け出すと、さきほどより鋭く回転しながらの跳躍を見せてくれた。そして、おなじように振り返ると両手で腹部をおさえながら笑い、「ねえ、こんなに面白いのになんで真面目《まじめ》な顔してるの」と言って、また笑った。

「笑ってるで」と僕が言うと、沙希は「笑ってないよ!」と言って膝《ひざ》から崩れ落ち、笑い続けた。

僕達は結局、家具屋にはたどり着けなかった。どこで家具が売っているのかも二人にはわからなかった。おたがい、そのことには触れようとせず、帰ろうとも言わず、どこを目指すでもなく坂道と喧騒《けんそう》を避けながら、夜になっても歩き続けた。

井の頭公園で野原に書き上げた脚本を渡した。野原は煙草を吸いながら、七井橋《なないばし》の中央の頼りない照明で原稿をめくった。

東京で暮らす男と女の物語だった。深夜の暗い部屋で音を消した通販番組の灯りにだけ照らされる女が、地元の友達と電話で話している場面から幕を開ける。倦んだ哀愁が沈殿した部屋。男が帰ってきた音を聞いて、女は電話を切る。

「へー」

　そう言って野原は僕を一度見ると、地べたに座っていた腰を上げて、西側の池に向かって唾《つば》をはいた。体勢を変えて読もうと決めたのだろう。作品の内容に興味を持った時、野原はよくそのようにした。

　読まれているあいだ、僕は見慣れた風景を眺めるしかなかった。池の向こうに大きなマンションが見える。橙色《だいだいいろ》の灯りがついている部屋にいつか住みたいと思っていた。いつも夕陽がそのマンションの裏に沈むので、橙色の部屋に夕陽がいくらかこぼれているのではないかと、おとぎ話のようなことを考えたことがあり、吉祥寺《きちじょうじ》で酒を飲んだ帰りに、飲み屋で知り合った前歯が欠けた男となぜか連れだって井の頭公園を歩いたときに、それを聞かせてみると、「絶対にそうだ！　間違いねえ！」と、想像していたよりも遥《はる》かに強く肯定されたものだから、こちらは白けてしまい、酔いも醒《さ》め一刻も早く帰りたくなった。歯抜けにかかれば軟弱な詩のようなものは一瞬で破壊されてしまう。生きるとはそういうものなのかも知れない。

「ええやん」

　そう言って、野原は池に唾をはいた。野原が率直に感想を言うのは珍しかった。

「いつもと、雰囲気違うやろ」

「せやな」

「せやねん」

野原は煙草をくわえ原稿をめくった。公園のどこかで誰かが池に向かってロケット花火を打ち込んでいた。そのたびに、空中を切り裂くような音に数人の笑い声がからまった。

「女役はどうすんの？　二十代後半か三十代前半くらいか」

野原は頭の中で何人かの知り合いを思い浮かべているようだった。

「あんな、一人おんねん」

「誰？」

僕は脚本を書きはじめた時から、実現するかは別として沙希を想定していた。

「まえに言うてた女の子」

「ああ、役者なん？」

「芝居やってんねん。劇団には入ってない」自分の声が言い訳めいているのがわかった。

沙希の起用に関しては決して急場凌《しの》ぎではなかった。さらに言えば演劇部だったこともそんなには関係していなかった。

「怒ってるのに笑ってたり、泣いてんのに疑う顔してるときあんねん」

「どういうこと？　笑いながら殴るヤクザみたいなこと？」

「そうじゃなくて、正直すぎて感情をどれかひとつに絞られへんねやと思う」

「ああ、そういうこと」

野原は完全には把握できていないけれど、それくらいの理解でいいということをわかってくれているようだった。

「まだ知り合って、そんな経《た》ってないのにな、このあいだクレープ食べてたから、一口だけもらって返したら、ちょっとしてから隣で爆笑してんねん」

「どないしたん？」

「なんか、クレープのなかに硬いフルーツ入ってるなと思ったら、俺の差し歯やってん」

「きたなっ」

野原が露骨に顔をしかめた。

「そう、普通そんな感じになるやん？　それが当事者のくせに、めっちゃ笑ってんねん」

「うそ？」

「ほんま。でもな、よくよく聞いたら怒ってんねん」

「そうなん？」

「『もう、このクレープ美味《おい》しいのに』って言うて」

「そこ？」

「差し歯が自分の口に入ってしまったことには、そんなこだわってないねん」

「変わってるな」

沙希はクレープを楽しみにしていたから、ちゃんと味わいたかったのだと思う。

「主張と感情と反応が混ざって同時に出てまうねん」

「おもろいかもな」

「そうやねん」

どの感情とも断定できない人間の複雑な表情に惹《ひ》かれる。それは僕が脚本上に費やす数行の言葉より遥かに説得力があった。

「お前、歯治せよ」

「お金ちょうだい」

「俺もないわ」

野原の反応が悪くなければ、沙希に自分の考えを伝えようと思っていた。

「どう思う？」

「もう時間もないし、いいんちゃう。取りあえず台本覚えとく。この女と同棲《どうせい》してる男は永田がやんねやろ？」

原稿をめくりながら野原が言った。

「いや、それは野原やと思ってたけど」

芝居のなかで女と一緒に暮らしている男の職業は劇作家だった。

少し前から、沙希と一緒に過ごす時間が長くなった。沙希の部屋で風呂《ふろ》を借りたり、食事を作ってもらうことが日常になっていた。そんな日々と今回の脚本は無関係ではなかった。

「俺はこの友達の方やないかな」

原稿に視線を落としたまま、野原が言ったので僕もそれでいいように思えた。実質、本番までは三週間しかなかった。沙希に早速話してみなくてはならない。経験したことのない速度で日常が動きはじめた。

下北沢のはずれに建つ鉄塔の近くにある小さなアパートの二階で沙希は暮らしていた。壁には自分の写真を貼《は》り、コルクボードには家族や友人との写真が貼られていた。

壁際《かべぎわ》に置かれたシルバーラックには色鮮やかな洋服が綺麗に整頓《せいとん》されていて、ラックの一番上には部屋の御本尊のようにミシンが置いてあった。いつも僕が訪ねて行くと、玄関を入ってすぐの狭いキッチンでチャーハンと味噌汁《みそしる》を作ってくれた。人に食事を振る舞うことが沙希の幸せのようだった。腹を膨らませて麦茶を飲みながら、どのように話を切り出せばいいかわからず、持参した原稿を机の上に置いてみた。沙希は眼を輝かせ、僕に読んでもいいか確認したあと、大切そうに原稿を両手で持った。原稿を読まれているあいだに風呂を借りることにした。

ユニットバスの狭い浴槽で両膝を折り曲げて、僕は静かに息を潜めていた。自分のアパートにはシャワーしかないので湯船に浸かれることがありがたかった。痩《や》せこけた僕を心配して、沙希はいつも大量に御飯を作ってくれた。「本当に殺人鬼に殺されると思ったの」と、沙希は時々、僕と出会った時のことを笑いながら話した。「お金が、ない、ので、もう、いい、です」などと、僕の低い声と話し方を真似《まね》て、楽しそうに再現したりもした。

「絶対にね、二十代後半だと思ったよ」と、僕の年齢もいまだに疑っているようだったが、僕と沙希は二歳しか歳《とし》が違わなかった。

時々、僕は何時間も喋《しゃべ》らなくなることがあった。部屋にいて部屋にいなくなる僕を、彼女は辛抱強く待った。コップに麦茶だけをそそぎ、永遠とも思える時間を話しかけず静かに待っていてくれた。朝方になり「さきに寝るね」と小さな声で言って電気をつけたまま布団《ふとん》に入ることもあった。長時間の沈黙のあと、僕が話し出すと本当に嬉しそうに大きな声で大袈裟《おおげさ》に笑うのだった。

風呂の栓を抜き、もう一度シャワーを浴びてバスタオルで身体《からだ》を拭《ふ》いた。扉を開けると脚本を机に置き、その前で小さく座った沙希が泣いていた。

僕に気づくと、「読んだよ」と真っ赤な眼をあえて主張するように、こちらに向けた。そういう動作には少し抵抗があった。自分が泣くことに関しては生理現象なのだから仕方がないと思っているくせに、人の涙には弱く、泣いているという状態に気づいている人を見るのが怖かった。人間が泣く時は、前後不覚でなければならないと思っていた。だけど沙希には涙を感動の物差しとして誰かに示すことを恥と思ういやらしさがなかったのだ。

「そんな泣くほどじゃないやろ」

「すごい感動した！　かなしかたよ」

涙にたじろぎはしたが、たとえ、それが意図した反応ではなくても、自分の書いたものが誰かの心を動かしたということが自分を浮かれさせた。感想が片言になっていることには触れずに、僕は沙希の隣に腰をおろし本題に入った。

「これな、下北の駅前劇場でやるねんけど、この女役、沙希ちゃんやってくれへんかな」

沙希は眼を見ひらいて沈黙したあと、「できないよ」と言った。

当然の反応だった。そこから、頼むまでに至った経緯とほとんど解体してしまった劇団の現状を話した。そして、ゆっくりと時間をかけて、これは切羽詰まって無理やり出した妥協案ではなく、もし叶《かな》うなら沙希に演じてもらいたいと思っていたということを丁寧に説明した。

「やってみる」

沙希が、ようやくそう口にした時には、窓の外が明るくなりはじめていた。

役よりも年齢が若かったので、芝居が軽くなってしまわないか心配したが、沙希は想像していたよりも演技ができた。考えてみると中学生の頃から演劇部に所属していたのだから、僕と野原よりも演劇に関わった時間は長かった。

一方、僕の演技は相変わらず頼りないものだった。本当は脚本と演出に専念したかったのだが、今回ばかりは人がいないので、そういう訳にもいかなかった。野原が手配してくれた世田谷の公民館で僕達は稽古《けいこ》を繰り返した。沙希は学校終わりに毎日駆けつけた。野原も沙希も稽古の初日にはすべてセリフを入れてきた。それでも、僕はことあるごとに稽古を中断しセリフを書き変えた。稽古をしていると彼女の存在が必要以上に強く出過ぎる部分があり、僕と並ぶと左右のスピーカーから出ている音量が違う時のような気持ち悪さを感じることがあった。沙希に自分の出力を下北沢の自宅にいる時と同じレベルにして欲しいと伝えたが、そのバランスを整えるのが難しいようだった。「客席に沙希ちゃんのことを嫌いな人間が一人いると思ってやって欲しい」と説明すると、ようやく彼女から放出される光が少しだけ弱まり理想のバランスに近づいたように感じた。

演出を役者に具体的な言葉として伝えるのが仕事なのに、言葉にすると摑《つか》んでいたはずのイメージからずれてしまい、それを摑みなおす作業が難航して稽古が停滞することも度々あったが、二人は愚痴ひとつこぼさず、野原は黙って煙草《たばこ》を吸い、沙希は窓の外を眺めて辛抱強く待った。

もっとも時間が掛かったのは、それぞれ男女が体感している月日の流れる速度をそのままセリフを発するスピードに反映させることを意図した、最後の場面だった。途中から沙希の方が話す速度を上げていかなければならない。会話には少しずつずれが生じ、沙希が先に舞台からはける。僕は一人で舞台に残り、相手がいなくなった舞台上で独り言のようにセリフを続ける。その会話を徐々にずらすということが沙希には難しいようだったが、粘り強く仕上げていった。

心配していた動員は駅前劇場という小屋自体に注目している常連客がいるのか、『おろか』を知っているであろう人数よりも多くのチケットがはけた。数少ない知り合いに何枚かは買ってもらったが、主催者の関係者などを含めると空席を心配するほどではなかった。

公演を翌日に控えた夜、僕は沙希と下北沢を一緒に歩いた。この数日は稽古を終えたあとも三鷹にある自分のアパートまで帰り、朝方まで演出を再考し続けた。そして、ようやく本番に間に合うという感触を得て会いに来ることができた。沙希は稽古場よりも緩んだ表情で終始嬉しそうに微笑《ほほえ》んでいた。駅前から南下しながら住宅街を歩いて行くと森のように緑が拡《ひろ》がった神社がある。

それが北澤八幡宮《はちまんぐう》であることを沙希が教えてくれた。神社の前の公園に人影はなく、近くの道路を走る車の音が静かに聞こえていた。下北沢は芸能人が来る隠れ家的な店が沢山あるのだと彼女は得意気に語った。たしかに夜中でも電気のついている店が散見されるし、有名な人がいても不思議ではないかもしれない。

「下北沢で何人も芸能人を見たことあるよ」

嬉しそうに沙希が名前をあげていく人物を僕は誰も知らなかった。公園のベンチに僕達は腰を降ろした。

「ここいいでしょ」

沙希はブルゾンのポケットに両手をつっこんで、嬉しそうに辺りを見回していた。

「ええな」

僕は沙希の横顔の上唇のあたりを見るのが好きだった。めくれあがったように上を向いている。

ベンチに腰掛けると少し湿っていた。夜露かもしれないけれど、甘い香りがしたので誰かが何かをこぼしたのかもしれない。沙希は靴を履いたままベンチの上に立った。

「世界にはベンチを汚す者と信用していたベンチに汚される者とが存在する」と僕が言うと、「うるさいよ」と顔を空に向けながら沙希は言った。

月には雲がかかっていて、沙希の声は耳の奥で妙な響き方をした。金魚鉢のような形をした、すり鉢状の劇場の響き方に似ている。金魚にもこんな音の聴こえ方がしているのかもしれないと一瞬思ったが、水が入っているからもっとこもった音に違いないと思い直した。金魚のほとんどは餌《えさ》の与え過ぎで死んでしまうらしい。満腹だと鈍るので少しくらい腹が減っている方が生きものにとってはいいのかもしれない。

「ねぇ、なんかさ部屋にブロックがあったんだけど、永田くん拾って来た？」

彼女が座っている僕を見おろして言った。

「うん」

「なんで？」

「なんかの時に使えるやろ」

僕は工事現場に落ちているブロックや資材が好きだった。

「なにに使うの？」

沙希は本当にそれが知りたいようだった。

「わからんけど、靴置きとか作れるんちゃう」

「靴置くとこは、もうあるでしょ？」

「ブロック、まだ工事現場にいっぱいあったから、一つずつ取ってくるわ」

「もう持ってきちゃ駄目だよ。部屋がお洒落《しゃれ》じゃなくなっちゃう」

思いつめた表情から放たれた沙希の言葉を聞いた途端、苦しくなった。あの安価な家具が並べられ色のまとまりもない狭い部屋を、彼女は誇りに思っていたのだ。壁に自分の写真を貼り、壁際のシルバーラックには安い布が敷かれ、その上には服が綺麗《きれい》にたたまれていた。少し短めのカーテンは遮光性に乏しく、日中は埃《ほこり》が派手に舞っていた。そういえば雑誌立てだけは部屋に似つかわしくなく高価なもので、いつも自分の視界に入る場所にそれを置いていた。換気が悪くすぐにカビがはえてしまうユニットバスを小まめに掃除して、片隅には海外の洗髪剤がラベルが見えるように並べられていた。

息が苦しくなった。絶対に言ってはいけないことを大声で叫んでしまえば、あらゆることがうやむやになり、落ち着いた時にはすべてが上手《うま》くいっているということはないだろうか。僕のような暮らしをしていれば生活に期待などしないし、必要なものも、欲しいものもなかったから、ある意味では楽だった。誰にも好かれていないから嫌われないように努力する必要がないという楽さに似ている。沙希はそうではなかった。年相応の人間としての夢のある暮らしに対する期待があった。それを目の当《ま》《あ》たりにしてしまったことがつらかった。

沙希は急に様子がおかしくなった僕のそばに神妙な表情を浮かべて静かに近づくと、ゆっくりと隣に腰掛けようとした。

「このベンチ汚いで」そう僕が言うと、お尻《しり》を中途半端《ちゅうとはんぱ》に浮かせた空気椅子《いす》の体勢で、僕を気遣う表情のまま停止した。近くを通過するバイクの音が響いた。雲の流れが速かった。沙希はその姿勢のまま僕の眼を見ていた。沙希の黒目に力が集まり、鼻が微かに動いたあと、全身をのけぞらせて大きく笑った。

初日こそ席はまばらだったが、沙希は客を退屈させない演技を見せた。プロデューサーも劇場関係者も彼女の芝居や存在感を褒めた。ささやかながら公演は評判となり、後半は少しだけ客足が伸びた。もちろん、同業者からの批判は相変わらずあったが、今までのように気にはならなかった。打ち上げの席でみんなから称《たた》えられる沙希だったが、周りに遠慮することもなく僕が書いたものを褒め続けた。沙希が僕を褒めるたびに少しだけ場には白けた空気が流れた。

誰の知り合いなのかもわからないおじさんに、脚本の都合で劇的な人生を与えられる登場人物たちについての議論を吹っ掛けられた。

劇的なものを創作から排除したがる人のほとんどは、作品の都合で平穏な日常を登場人物に与えていることに気づいていない。殺人も戦争もある世界なのに馬鹿《ばか》なんじゃないかと思う。打ち上げで機嫌がよかったから、柔らかい言葉で返していたが、なかなか解放してくれなかった。僕の脚本が気に入らなかったのだろう。

簡単なものを複雑にすることを人々は許さないけど、複雑なことを簡単にすると褒める人までいる。本当は複雑なものは複雑なものでしかないのに。結局、自分たちの都合のいいようにしか理解しようとしていない。それを踏まえたうえでなら簡単と複雑の価値が対等なように、劇的なものと平凡な日常も創作上では対等でなければおかしい。「劇的なものが好きだ」とか「平穏な日常を描いてこそだ」とかは、それぞれの好みにすぎないから決まりみたいに言われても、「知らねえよ」という感想のほか特に思うことはない。

「努力を止《や》めたら人は駄目だね。そこで終わるね」

やかましいおじさんが口の端に不潔な泡を溜《た》めながら必死の形相で誰もが聞いたことのあるフレーズを繰り返している。こういうのは好きな人に言われないと効果がない。さっきまではもう少しましだったような気がするが、酔ってしまったのかもしれない。

沙希が笑顔を向けてくる。心配しなくても、もめたりしない。僕は公演を終えたことで安定していた。

「今後の参考にしたいんですけど、たとえば、その努力って具体的にはなにをされてるんですか？」と僕は知らないおじさんに興味のないことを聞いてみた。

おじさんは、「かならず六時に起床する」からはじまる努力を嬉しそうに長々と話した。数分間、おじさんが気持ち良さそうに話すのを哀れだなと思いながら聞き、「それくらいでしたら、努力とも思わず日常でやってたんで大丈夫です」と明るめに言うと、おじさんは「そうだよね」とよくわからない返事をしながら、驚きを隠して平静を保とうとする顔の筋肉が妙に不自然な、今までで一番面白い表情を浮かべた。

野原を見ると話を聞いているのかいないのか終始笑顔を浮かべていたので、野原なりに舞台が終わって高揚していたのかもしれない。次回の公演も沙希を主役にとプロデューサーは意気ごんでいた。公演を終えた疲労で脱力しているのに、身体にこもった熱がいつまでも意識を冴《さ》えさせた。

下北沢での公演以降、劇団の注目度はわずかばかり上がり、定員八十名ほどの下北沢オフオフシアターで定期的に公演を開催出来るようになったが、駅前劇場では経費の都合上、まだ『おろか』主催の公演は現実的に難しかった。収入は変わらず、むしろ稽古日が増えた分だけ、たまに行っていた日雇いの現場にも行けなくなり、自分の家賃五万円を払うのも苦しくなった。毎月、家賃を持参すると五千円の小遣いをくれる大家さんに引っ越すことを告げると、思いのほか哀《かな》しそうな顔をして、「地元に帰

って も頑張ってね」と励ます言葉を掛けてくれた。夢を追う若者が地元に帰るなんてことは東京では日常的によくある話なのだ。

僕は沙希の下北沢の家に転がり込んだ。彼女の部屋は駅からは少し歩くが、近くには小さな川が流れる緑道があり環境がとても良かった。狭い部屋に、古道具屋で買った大きな本棚三つと大量の小説を持ち込み、カーテンも遮光性の高いものと竹のカーテンで二重にした。部屋の中央にはコタツを置き、明るく雑然としていた部屋全体が落ち着いた空間に変貌《へんぼう》した。そのぶん、最初から置かれていたミシンが異物のように浮いて存在感を増したようだった。壁に貼ってあった沙希の写真もすべて外しファイルに収めさせた。部屋の片隅にあるブロックは三個になっていた。沙希は僕がブロックを持ち帰るたびに大笑いするようになった。僕はなにかやましいことがあるとブロックを持ち帰るようになった。

沙希の家に住むことにより、生きていくために必要なお金がほとんど要らなくなった。家賃も光熱費も食費もすべて沙希が払った。知りあって最初の彼女の誕生日に家賃が浮いたお金で自分にとっては高価な財布をプレゼントしたら沙希は声を出して泣いた。泣いたまま一旦《いったん》ユニットバスに引っ込み、そこで自分の泣いている顔を鏡で見たのか、出てくる時にはさらに勢いよく声を出して泣いた。感情に従順である人間を僕は恐怖の対象として見ていたが、そういう人間こそを尊いと思うようになった。

沙希と暮らすことによって自分自身にも大きな変化があった。たとえば沙希が聴く音楽はヒップホップが多く、僕の知らないものばかりだった。沙希と好きなものを共有したい一心で、古本屋でヒップホップについて書かれた本や雑誌を買いあさり、中古CD屋でヒップホップを大量に購入して聴き込んだ。ヒップホップはニューヨーク市のサウスブロンクスで誕生したが、起源はジャマイカでレゲエと親密な関係にあると記述されているものが多かった。ボブ・マーリーなら自分も知っていた。彼はキングストンの貧しい地域で育ち、貧困や差別からの解放と愛を、聴く者の全身に浸透するような独特の美声で唄《うた》い、後人に多大な影響を与えた。一九六〇年代後半にジャマイカからサウスブロンクスへの移民が多くいて、そのなかから後々ヒップホップの発生に深く関わる人達がでてくる。当時のサウスブロンクスは貧民街で治安が悪くギャング同士の武力抗争や放火が絶えない土地だった。ヒップホップは、その閉塞《へいそく》された街で暮らす若者達が抑圧されることで蓄積されたエネルギーを表現として放出することによって生まれた。はじめは政治的なメッセージよりも、刺激的で面白いという点で若者達を吸引し、その結果、世界を巻き込む大きな渦を生みだした。その渦に個々の喜びや痛みをぶつけ起爆し続けているジャンルだからこそ、際限なく裾野《すその》を拡げることに成功しているのだと思う。表現者の自己救済だけではなく、その根幹に遊戯として楽しもうとする大衆性が備わっていることは、創作する動機として理想だと思った。ここではないどこかへ行きたいと願うことと、ここではない別の場所を自分達で作ろうとすることは似てはいるが、決定的に違うものだ。

ヒップホップを聴きはじめて三日とたたないうちに、僕は原宿の古着屋でサイズがXLの大きな白いTシャツを購入し、寝巻にしていた黒いスウェットパンツと合わせてコーディネートした。沙希が帰ってきたら褒めてもらえると思っていたけど、そんな僕を見た彼女は「おじいちゃん、無理しないで」と言って笑った。ヒップホップというジャンルの起源を、読んだばかりの本から得た知識のまま沙希に説明した。僕もヒップホップという大きな潮流のなかにいて、僕自身にヒップホップが内在していることを時間をかけて話してみたが、沙希はミシンを動かしながら、「そういうことじゃないんだよ」と僕の話を一蹴《いっしゅう》した。

一方で沙希も僕が所有しているCDをよく聴くようになった。二人で家にいるとき、僕が好きな音楽を流していると、「これ、なんていう人？」と興味を示すことがあって、そのたびについ長々と説明し、「ほんなら、これも好きなんちゃうか」などと得意気にほかのバンドを紹介することも珍しくなかったし、夜中に帰宅して沙希が一人でザ・ディランⅡのライブアルバムを聴いていた時は嬉しくて、そこから飲みなおし結局朝になったこともあった。

僕は稼ぎがほとんどなかったし、沙希はまだ学生だった。アパートの家賃は彼女が大学を卒業するまでは親が払うということになっていて、実家から食料が定期的に小包で送られてきた。その小包を沙希はいつも嬉しそうに抱えたり、重さなどから中身を予想したりして、床に置くと大胆にガムテープをはがした。

「お母さんが、小包送っても半分は知らない男に食べられると思ったら嫌だって言ってたよ」沙希が上機嫌の調子で僕に言った。

二人で少しだけ酒を飲んでいたので、普段なら言わないようなことが、つい口からでてしまったのだろう。

「なんで、そんなこと言うん？」

沙希はガムテープをはがす手を止めて僕を見た。自分を嫌っている人から与えられたものを食べて生きることほど惨《みじ》めなことはない。ましてや、僕の場合は与えられてさえもいなかった。母から娘に送られたものを横から無理やり奪って食っていたのだ。

「気にしなくていいよ。お母さん、本当に嫌だったら送ってこないから」

沙希は僕の雰囲気の変化を察知し、優しい声でそう言ったが、僕の気持ちは収まらなかった。

「俺、沙希ちゃんのおばはん嫌いやわ」

彼女はしばらく無言で僕の顔を見つめていた。そして、小包の中身を取りだしながら、

「駄目だよ、そんなこと言っちゃあ。お母さんは悪くないよ」

感情を抑えた声で沙希が言った。

「俺が送る立場やったら、そんな嫌味わざわざ言わんけどな」

沙希は手を止めて小包を見つめている。

「ごめんね。わたしの言い方が悪かったね。お母さん怒ってないよ」

沙希は無理やり笑顔を作ろうとしている。

「怒ってるかどうかという話やないねん。わざわざ、そんなこと言わんでええやん。性格悪くない？」語気が強くなっていることに自分でも気づいていた。

沙希の動きが止まった。

「お店さ、お父さんとお母さん二人だけでやってるからさ、結構忙しいんだよ。その時間をさいて小包送ってくれてるからさ、お母さんのことは悪く言わないで」

沙希は顔をあげずに、鼻を啜《すす》りはじめた。

「一人で住んでた頃より、食材が多めに入ってるからさ、お母さんも本当は嬉しいんだと思うよ。ごめんね」

このへんが引き際だと思ったが、適当な言葉が見つからなかった。

「わたしの言い方が下手だっただけだよ。本当ごめんね。ほら！」

沙希は頬を濡《ぬ》らしながらサランラップに巻かれた大きな豚肉を両手で持ちあげて僕に見せた。

こんなときだけ壁にかかった時計の針の音が耳に響いた。キッチンでやかんが沸騰《ふっとう》する音が響くと、沙希は「あっ」と言って慌《あわ》ただしく立ちあがった。部屋とキッチンを仕切る薄い布がエアコンの冷房26℃の風で揺れていた。水が流れる音が聴こえていたけど、僕が座っている場所からでは沙希の足しか見えなかった。彼女はいつまでもキッチンの前から動かず、水の音が止まることもなかった。

部屋が息苦しくなって、カーテンを閉めきった窓ばかり眺めていた。そんなに長く息を止めてもいられないので、音を立てないように薄いパーカーをはおり、ウォークマンとCDだけを持ち、玄関に静かに座ってコンバースのオールスターをはいていたら、「お散歩？　気をつけてね」と意外と明るい声を掛けられた。

曖昧《あいまい》な返事をして、ドアノブから手をはなしたとき、想像よりも大きな音が鳴ってしまい、これが感情表現だと受け取られたら不本意だと思った。北沢川の緩やかな流れを見たとき、「川だけが友達だよ」となにも考えたくないからどうでもいいことを思い、息を吸うと少しだけ楽になったが、胸のあたりに溜まった重たい感覚は深く呼吸を繰り返しても消えなかった。

金もないのになぜ腹が減るのだろう。人の親から送られた食料を食べる情けない生きもの。子供の頃、こんなみじめな大人になるなんてこと想像もしていなかった。どこかで沙希の親に好かれたいと願う自分がいた。どちらかというと礼儀正しい方だし好かれるんじゃないかと期待していた。だが、大事な娘と暮らす甲斐性《かいしょう》のない男を好きになる親など存在するはずがない。好きな仕事で生活がしたいなら、善人と思われようなんてことを望んではいけないのだ。恥を撒《ま》き散らして生きているのだから、みじめでいいのだ。みじめを標準として、笑って謝るべきだった。理屈ではわかっているけれど、それは僕にとって簡単なことではなかった。

昼過ぎに起きると、もう沙希はとっくに学校へ行ったあとで家にはいなかった。テーブルには「きのうはごめんね。今日もファイト!」というメモがあり、横にはリアリティがあり過ぎる猫のイラストが添えられてあった。

食欲をそそる匂《にお》いが漂うキッチンをのぞくと、生姜《しょうが》焼きと味噌汁が作られていたので、それを温めなおし、小さなテーブルまで運んで食べた。わかめと豆腐の味噌汁に入っている油あげが香ばしい。甘辛い生姜焼きは白ごはんと相性がよく箸《はし》がすすんだ。沙希の手料理はおいしい。

「いや、食うんかい」

箸を持ったまま一人でつぶやいた。壁は言葉を吸収せず、そのまま僕に跳ね返してきた。

「めっちゃ食うてるやん」

自分という存在がわからない。

家賃も払っていない部屋で、彼女の親に言われた正論に対して暴言をはき、なんの罪もない優しい人を傷つけ、何事もなかったかのように眠り、ふてぶてしく腹をすかし、問題となった食材で作られた食事を迷いなく食べている。われながら自分が化けもののように感じられた。それでも食欲が収まらず、空になった茶碗《ちゃわん》にごはんを盛り、音を立てながら口へと流し込んだ。

下北沢には古着屋が沢山あるからか、沙希と歩いていると、沙希の学校の知り合いと遭遇することがよくあった。服飾系の学生達は個性的な服を着ていることが多かったから、それらしき若者が前から歩いてくると、いつも僕は嫌な予感がして歩く速度が遅くなったり、立ち止まったりしてしまうことがあった。

沙希はそんな僕の様子に気づいていたのか、知り合いを見つけると小走りでその人物に近づき自分の身体で相手の視界から僕を隠すようにした。僕は道の端によって相手と眼を合わさないように地面の砂利をスニーカーの裏で撫《な》でたりして時間が過ぎるのを待った。沙希がこちらを振り返り、知り合いと一緒に僕を見て笑っているようだったが、僕は眼を合わさず、ジャンパーのほつれた糸をなんとはなしに指で弄《もてあそ》んでいた。聞こえてくる二人の語調があきらかに高くなり、沙希の知り合いがこちらに会釈《えしゃく》したので、僕も軽く頭を下げた。

「あの人誰？」

「学校の友達だよ。あっこちゃん」

小走りで戻ってきた沙希の弾んだ声を聞くと、緊張がほぐれていく。

「ああ、なんか気持ち悪いクイズ出してくるやつ？」

「なんだっけそれ？」

「夢はドリーム。では芸能人は？　とかいうやつやろ？」

「あっ、そうそう！」

「なんなん、その気持ち悪いクイズ」

そのクイズを初めて沙希から出された時のことを、はっきりと覚えていた。

「ほんで、答えなんやっけ？」

「有名人」

「どういう意味なん？　めっちゃ気持ち悪いやん」

「夢と有名人なんでしょ？」

「いや、知らんよ。それ文法としてあってんの？」

沙希は少し考える表情を見せた。

「あっこちゃん、実家がお金持ちなんだよ」

「関係ないやん。今日はなんか出題してきた？」

「いつも、出題してくるわけじゃないよ」

「地元でくすぶってる友達に、その話したら、その女バリバリやばいやん、って言うてたで」

「やめてよ、あっこちゃん優しいんだから」

沙希に友達が自分のことをなんと言っていたかを聞くと、なにも言ってなかったと答えたが、そのあと、「不思議がっていたよ」と遠慮がちに言った。沙希の家族や友達が自分のことを良いように言うはずがないのに気になる。だから、どんな顔をしていればいいのかわからなかった。

「永くん、わたしと二人の時とほかの人がいるとき別人みたいだよね」

「そうかな」

「知らない人とか嫌な人がいたら、ほとんど話さなくなるでしょ？」

話さないのではなくて、話せないのだ。沙希の周辺にいる人の前だと自分のことを異物のように感じてしまう。この低い声も会話の邪魔になるのではないかと変に意識してしまい言葉を発することができなくなった。

いつからか嫌われることが標準になり、誰にも期待しなくなってから楽になった。ただ、沙希に嫌われたくないという感情が、なぜか沙希の周囲の人間にも嫌われたくないという考えに転化してしまった。どのみち、このままでは誰にも好かれることなどないから、いっそのこと暴言でも吐いてさっさと嫌われてしまった方が楽なのかもしれない。

「ねえ、空に向かってガム吐いたことある？」

勝ち誇った顔で僕を見上げる沙希の髪からは良い匂いがしていた。

「ないよ」

「すごい怖いよ。上から落ちてくるからね」

沙希は嬉《うれ》しそうに言った。

「あたりまえやん。でも六年生になるまでガムは全部のみこんでた」

「だめじゃん」

「ええねん」

およそどうでもいいような会話を繰り返しながら、歩き続けた。こういう時間が僕は好きだった。

「ねえ、ディズニーランド行ったことある？」

「ないよ」

「行ってみたいな」

「それ、お伊勢《いせ》参りに誘ってんのと一緒やで」

「どういうこと？」

若者は付き合いだすとディズニーランドや富士急ハイランドに行くらしい。楽しいだろうと思う。でも、みんなどうしてお金がそんなにあるのだろう。設備やサービスが優れているのはわかるけれど、若者が気軽に遊びに行けるような値段設定ではない。

限られたバイト代を貯金して捻出《ねんしゅつ》しているようには思えない。若者らしく遊んでいる人達はパスタを頻繁に食べたり買い物をしたりして、苦労している様子が見られない。

「江戸時代はみんなお伊勢参りに命がけで行ってたんて」

「そうなんだね。なんで命がけなんだ？」

お金の話をすると虚《むな》しくなる。

「あとな、ディズニーランドって、ウォルト・ディズニーって人を祀《まつ》ってる神社やろ？」

沙希は笑いながら、「神社じゃないよ」と言った。

沙希はなんでもすぐに笑うから、自分に才能があるのではないかと勘違いしたくなる。

「くらべたら笑われるんやろうけど、おれは自分で創作する人間やから、ディズニーランドで好きな人が楽しんでるのを見るのは耐えられへんねん」

本当に自分がそんなことを思っているのかはわからなかった。

「どういうこと？」

「ほかの劇団の公演を好きな女と一緒に観《み》にいった劇作家が、好きな女が感動してるのを見て、『幸せだな』と思ってたらアホやろ？」

「ああ、そういうことか」

「だから、おれは二人で歩きながら頭のなかで思いついたことを話すことで外国の神社と勝負してんねん」

「それ、すごいよ！　さすが永くんだよ！」

こんなことを他の人に話せば「痛い」だの「キモい」だの「微妙」だのと言われるだけだ。

「ナガターランドってことでしょ？」

「それは違うよ」

沙希は徹底して僕にあまかった。僕はおびえることなく奔放になり、気ままに振る舞った。自分の存在を受け入れられていることによりかかっていた。

「でもさ、そんなすごい永くんと一緒に、ディズニーランドに行けたら、それこそ最高に楽しいんじゃないの？」

僕は前方を見たまま返す言葉を探していた。そういう場所でも浮かれたり騒いだりできない自分なんかと行っても楽しいはずがない。

誰かを楽しませる能力が自分にはないのだ。所詮《しょせん》は金がない男の理屈に過ぎなかった。たまに沙希は核心をつくことがあった。純粋に放たれた言葉は重く肩にもたれかかって、いつまでも振り払うことができなかった。

下北沢駅前の闇市《やみいち》跡のような暗い路地を進んでいくと、トタン屋根が途切れるところから光が射《さ》して徐々に明るさを増し、路地を抜けきると一気に視界が明るくなって人が増える。人の流れに逆らって歩けば誰もいなくなるはずなのに、それでも人はどんどん増えていく。流れは一つだけではなく、それぞれの方向に幾つも伸びているという当たり前のことに気づかされる。極力人混みを避けて歩いていたつもりが、いつのまにか雑踏のど真ん中にいる。

「どこ行っても人間おるな」

「自分も人間じゃん」

「せやな」

日が暮れると、来た道を二人並んで帰った。なにを生みだすでもない非生産的な時間は永遠に終わらないのではないかと思えるほどあった。

僕はポケットに手を入れて歩く。手を出していると、手にどんな形をさせていればいいのかわからなくなるから。沙希はそのことをよく注意した。

「ポケットに手を入れてたら転んだ時に顔から打つよ」

顔面を地面に打ちつけることを想像してみた。

「怖いこと言わんといてや」

沙希は少しだけ眉間《みけん》にシワを寄せ、「血がでるよ」と言った。

「死ぬかもな」と僕は答えた。

「死にはしないよ、血がでるよ」

沙希の上唇が少しだけめくれた。

「血がでて鼻がもげて眼球がわれて死ぬやろな」

「そんな風にはならないよ」

沙希は顔を引きつらせながら否定して、話を変えた。

「永くん、女の子と手つないだことないの？」

「ないよ」

沙希が大袈裟に驚いたので、それが恥ずかしいことのように感じられた。

「だって、手つないでたら転んだ時に顔面から血でるやん」

動揺を悟られないための言葉だった。

沙希は少し考えるような表情で僕の目を見た。

「両手をつなぐわけではないんだよ」と言った。

「そうなん？」

「両手ともつないでたら歩きにくくない？」

「ほんまやな」

「でも、小学校の遠足とかでつないだでしょ？」

小学生の頃のことを思い出してみた。

「おれ遠足の時、教頭先生と一番うしろ歩いてた」

「そういうタイプか」

歩くのが特別遅かったわけではないが、遠足で山に行った時は、自分のクラスから遅れて、他のクラスにも抜かれて、最後尾を教頭と並んで歩いた。前方に誰もいなくなってしまい、教頭は少し焦《あせ》りはじめていた。林に囲まれた一本道は緩やかな傾斜になっていた。わりと急な斜面になっている林の下に制服の列が見えたので、「ここ下ったら、みんなに追いつくんちゃう？」と僕が提案すると、「ええな」と教頭も承諾したので、二人で道になっていない林の坂をくだっていった。途中で僕は足を滑らせてしまい勢いをつけたまま、両手で木の枝を何本も折った。道に出て転んだ僕にむかって、教頭は「木は生き物だから折ってはいけない」といかにも教頭らしいことを言った。林を抜けたことによって、僕達は相当な距離を短縮することができた。だけど、まだみんなには追いつけていなかった。やはり薄暗い林の斜面の奥には、光が射す制服の列が見えて、みんなの笑い声が聴こえた。僕は教頭と二人で歩きたかったけれど、そろそろ追いついた方がいいのかもしれないとも思っていた。教頭も木々の奥の光を覗《のぞ》き込むようにしていた。「行こか?」と僕が言うと、教頭はうなずき「気をつけて、ゆっくりな」と僕に念をおした。僕は足の裏で地面をしっかりと踏みしめ集中して降りたが、今度は教頭が足を滑らせた。教頭は「おおお!」と叫びながら両手を広げて林を駆け抜けていった。枝が折れる音が断続的に響いていた。僕が、「先生、めっちゃ枝折ってるやん」と言うと、教頭は「このことは誰にも言うな」と言った。そんな教頭の最後の言葉も含めて後日作文に書いて教室で発表したら、みんなが面白がった。それが、創作をはじめるきっかけの一つになったのかもしれない。

「いい教頭先生だね」と沙希は笑った。

家族以外の大人と話せなかった時期に唯一《ゆいいつ》話すことができた。失敗は多いけれど優しい人だった。

「学校の植物に日替わりで水をあげてるうちに仲良くなってん。中庭になっていた枇《び》杷《わ》の実も二人で食べたことあんねん」

「日本昔話みたいだね」

沙希は楽しそうに僕の話を聞いてくれた。

「せやな。飯どうする？」

まだ起きてから何も食べていなかった。

「外で食べる？」

下北沢の駅前には商店街があり、食事ができる店が何軒も並んでいた。夜になると通りを走る車のライトと店の灯りで、日中とはまた別の街のように見えた。

「ええけど、外食は俺の給料日まで我慢しよう」

「そうだね。そしたら月末を楽しみに頑張れるね」

「まあ、ほとんど無いけどな」

アパートまで続く道を歩きながら、軒先まで香ばしい匂いを漂わせる中華料理屋も賑《にぎ》わう焼鳥屋も通り過ぎる。商店街からはずれて住宅街に入ると灯りが減って暗くなる。もう小さな公園には子供の姿が見えない。昼は子供のもので夜は大人のものになる。ゆっくりと考えごとをするのに、ちょうど良い。真夜中、この公園に一人でしばらくいると、音も立てていないのに公園に面した建物のどこかの窓が開く音がして、公園に佇《たたず》む人影が何者であるかを確認する気配を感じることがあった。感傷を抱えて公園に立ちよっても見下ろされるような視線を感じると、そればかりが気になって、自分がなにに悩んでいるのかわからなくなる。その公園まで来ると小さなアパートはすぐそこだった。

家の鍵《かぎ》を開けると、沙希が焚《た》いたお香の匂いがした。部屋に灯りがともる。

僕より先に慌ただしくソファーに腰を降ろした沙希が僕を見上げて、

「ここが一番安全な場所だよ!」

と笑顔で言った。

その言葉はいつまでも僕の耳に残った。たしかに、あの部屋が一番安全な場所だったのだ。


公演を重ねれば重ねるほどお金はなくなっていく。劇団員から団費を徴収して運営しているところもあるが、そもそも『おろか』には自分と野原しかいない。最近の公演で頻繁に出演している役者を誘ってみようと考えたこともあったが、過去に劇団員ともめた経験が頭をよぎり、なかなか気が進まなかった。人に気を使って何かを妥協するのも嫌だったし、そもそもそんな器用なことができるはずもなかった。

公演に必要な資金は野原に頼らざるを得ない。野原は歌舞伎町《かぶきちょう》で夜のバイトをしていたので、僕よりはまだお金を持っていた。僕は自分の有り金はすべて出すが、登録制のバイトで稼げる金額は知れているし、その登録制も肉体労働以外の仕事を要求して以来、会社からの連絡が途絶えていた。毎回公演の劇場使用料をまかなえるくらいはチケットをなんとか売って、野原から借りた分を返すようにしていたが、儲《もう》けが出ることなんてほとんどなく、足りない分は待ってもらっていたし、脚本を執筆している時期や稽古期間中は稼ぎが無くなるので、少しずつ借金は増えていった。金が無くなるとどのようなことが起こるかというと、他人に対して自信がなくなり、慢性的な苛立《いらだ》ちや不安に襲われたりもする。

舞台で使う衣装は簡単なものなら沙希に頼んで作ってもらうことが多かった。毎日のように沙希は学校の課題を持ち帰りミシンを動かしていたので、その合間をみてお願いすると、手際《てぎわ》よくイメージ通りに裁縫してくれた。小道具は自分で作った。沙希が何枚も衣装を仕上げるあいだに僕は猿のお面を何時間も掛けて作る。二人で話しながら徹夜で作業をする時間が好きだった。

ようやく仕上がった奇妙なお面をトイレに持ち込み、鏡を見ながら自分の顔につけてみる。お面に小さく開いた穴から、楽しいのか哀しいのか感情が読み取れない猿の顔が見える。お面をつけたまま部屋に戻ると、沙希が声を出して笑ってくれる。沙希が笑う顔を見ると、みすぼらしい手製の物体が上等な作品であるような錯覚に陥るから不思議だった。

その頃、文芸誌を買うことをささやかな楽しみにしていた。毎月買えるものでもないので、好きな作家が新作を書きおろした時や、興味のある特集が組まれた時だけ買うようにしていた。実際には、自分の興味のあるもの以外はとても読む気が起こらなかったが、持っているだけで幸福を感じることができた。

その夜、新宿に寄ったついでに紀伊國屋《きのくにや》に寄ってみると好きな作家の新作が掲載された文芸誌が並んでいたので、奮発して買うことにした。

金がない、金がないと言いながら、家賃も支払わずに自分の好きなものばかりを買っていることを、後ろめたく思う気持ちはあったが、がまんしようとは思えなかった。喫茶店の『西武』に行きカレーを食べながら目当てのものをゆっくりと半分ほど読み、ページが折れたりしないように気をつけながらリュックの奥へと隠すように押し込んで家に帰った。

ドアを開けると、玄関まで走ってきた沙希が「おかえり」と明るい声で出迎えてくれた。

妙に嬉しそうな表情を浮かべているなと思ったが、机の上を見て理由がわかった。僕が買った文芸誌と同じものが、そこに置かれていたのだ。沙希は小説などすすんで読まない。僕が好きな作家のことは知っているので、僕を喜ばそうと思って余計なことをしたのだろう。なぜか無性に腹が立った。リュックの奥底に文芸誌を入れているのが沙希を欺《あざむ》いているようで恥ずかしかったのかもしれない。

「おれも同じの買ったで。なんで買う時に聞かへんの」

決して安いものではない。

「えっ？　永くんも同じの買ったの？」

沙希は嬉しそうに笑みを浮かべている。

「もったいないやん」

思わず言葉が尖《とが》った。

「でも、その瞬間同じこと考えてたんだね。やったー！」

沙希の表情には光があり、心の底から幸福そうな声をあげた。馬鹿みたいだなと思いもするが、それをはね返すだけの輝きが彼女にはあった。実際に沙希の無邪気さに救われることは多かったが、少しでも別のことで心に不安があると無性に神経が昂《たか》ぶることがあった。その感覚が腹の底に沈殿すると、自然と表情が強張《こわば》り、身体《からだ》に力が入る。そうなるたびに小さなことに拘泥《こうでい》する自分自身のことを、せこくて醜い生きもののように感じてしまう。それでも気持ちは収まらず、執拗《しつよう》に沙希を責めたくなるのだった。

ある夜、沙希からメールがあり、帰りに梅ヶ丘にある羽根木公園で待ち合わせることになった。待ち合わせまではまだ時間があった。スケボーに興じる少年達の声が公園の中心部分にこもっていた。

ジョギングする人達の邪魔にならないよう、僕はできるだけ電燈《でんとう》の光から外れかけた道の端を歩くように心がけた。僕を追い抜いていく彼らの白っぽい呼吸が耳に触れていくのは心地良かったが、走るのとはリズムが異なる足音が聞こえ、違和感が耳に残った。ショートパンツで静かに歩行する老人の足音だった。速度がほとんど僕と同じだったので、老人と僕は並んで歩いているようになった。誰かに友達だと思われたら嫌だなと思った。しばらくすると、老人は少しだけ速度を上げて僕を引き離し、一度だけ奇妙なものを見るような目で僕のことを振り返った。

沙希からのメールには、「おどろくよ！」という言葉があった。驚かせたいなら、初めに言わない方がいい。実際に僕は驚くかもしれないけれど、宣告されていなければ、より驚くことができたと思う。

ポケットのなかで携帯電話が振動した。

「もう着いた？　驚くよ！」という文面のメールだった。ご丁寧にも念を押していた。

指定された場所で待っていると、原付バイクに乗って沙希があらわれた。ヘルメットをかぶるのは常識として、大袈裟《おおげさ》にゴーグルまでしているのがいかにも沙希らしくはあったが、なぜかその意気ごみが痛々しく見えた。僕の前で原付を停めた沙希の目はゴーグルの下で嬉しそうに開いていて、僕の感想を待っているようだった。

「どうしたん？　そのジャンパー」

「バイクでしょ、もらったんだよ！」

「誰に？」

「学校の男子だよ。バイクが二台あって、一台いらないんだって」

不要になったとはいえ、なぜそれを沙希がもらうことになるのだろう。そんなことを聞くのは野暮なのだろうか。この場合、どのように振る舞うことが普通なのか僕にはよくわからなかった。この瞬間にも原付を蹴《け》り倒してしまいたいほどの鬱屈《うっくつ》した塊が胸にあった。器の小さい男だと思われたくないから平気なふりをしているだけだ。

沙希はゴーグルをつけたまま、「乗ってみる？」と言って原付から軽やかに降りた。

僕がヘルメットをかぶり、原付にまたがると、沙希は得意気に「ゴーグルも付けないと」と言って、ヘルメットに上げてあったゴーグルを両手で強引に下げようとした。

そうするように学校の男子に教わったのだろうか。教わった手順のまま、今僕にしているのだろう。素直に従う気持ちになれず、首を左右に振ってゴーグルを拒否した。原付で走り去る僕の背中に、「目を保護しないと危ないよ」と沙希は言った。

羽根木公園の周辺を走り、もとの場所が見える角を曲がったが、そこに沙希の姿はなかった。僕を驚かそうとしているのだろう。

どこかに隠れているとわかっていたので、あえてスピードを上げて通過すると、道路に両手をひろげて飛び出す沙希がバックミラーに映った。何かを言っていたようだが、風でまったく聴き取れなかった。

そのままあたりを一周走り再びもとの地点が見える角まで来たが、やはり沙希の姿は見えなかったので、また一気にスピードを上げて通り過ぎようとすると、さっきよりも早いタイミングで両手をひろげた沙希が「ばあああ!」という表情で派手に飛び出してきたが、僕は何事もなかったように彼女の横を走り抜けた。

もう一周走って、沙希がいる場所が見える最後の角を曲がると、もう最初から両手を広げた彼女がそこに立っていた。僕が速度を上げて沙希の横を通過する時、ようやく声が聴き取れたのだが、表情から推測した通り、沙希は「ばあああ!」と言っていた。

次の周では、沙希は暗がりのなか生気を失ったように両手を下げて立っていた。顔だけが白っぽく浮かび、固く結ばれた唇と冷めた目がこちらを捉《とら》えていた。驚かすことはあきらめたようだ。僕は沙希と目を合わせたまま前方の暗闇に突き進んでいった。自分が何に腹を立てているのかわからなくなった。彼女の純粋で無垢《むく》な性格が憎いのかもしれなかった。その優しさに触れると、自分の醜さが強調され、いつも以上に劣等感が刺激され苦しみが増すことがあった。

その次の周、沙希は笑顔で「おーい」と僕に呼びかけた。次の周でまたいなくなり、僕が通過しても出てこなかった。角を曲がったところで原付を停車させて携帯電話を開いてみると、沙希から「先に帰るね」というメールが入っていた。

僕はそのまま沙希の家の方向に走り、近所の公園に原付を停めて、先にアパートに帰った。

なかなか沙希が帰ってこないので少し心配になったが、こちらからは連絡がしにくかった。仕方がないので読みかけの本を読んでいると、沙希がコンビニの袋を持って帰ってきた。なにも言わずにクッションの上に座ると彼女は袋から菓子パンを取り出し、一人で食べはじめた。

「どうしたん？」

僕が声を掛けてもこちらを見ない。真《ま》っ直《す》ぐに壁を見つめたまま、菓子パンをゆっくりと食べている。

「なぁ、どうしたん？」

「うん？　なにもないよ」

隣の部屋から美しく優しくて哀しい声の男性が唄う洋楽が聴こえていた。男は「シュケミ、ラブラブラブラブ、クレイジーラァブ」と唄っていた。どこかで聴いたことがあると思ったが、以前にも隣で流れていたのをこの部屋で聴いたのかもしれなかった。

「なんか怒ってるやん？」

不満をぶつけるような行動はたしかにとったが、本当に怒りを表明されると対応に困る。

「怒ってはないよ。でもさ、なんで停まってくれなかったの？」

「もうちょい乗りたかってん」

それは嘘《うそ》ではなかった。

「あんな暗いところに隠れててさ、風の音とかしてすごい怖かったよ」

「それは自分で隠れてたんやん」

美しい声の外国人は次の曲にうつり、先程よりも力強く「らーらーらーらー、らーら〜ら〜」と唄っていた。

「永くん、たまに何考えてるかわからない時があるよ」

「いつもやろ？」

「いつもは、まだ理解ができるよ。でも、たまにどう接していいのかわからないことがある」

まさか、原付をくれた同級生に対して僕が嫉妬《しっと》と疑念が混ざったような感情を抱いていたとは、微塵《みじん》も考えていないだろう。

「このあいだもわかんなかった」

「なに？」

「わたしが指切って血が出た時だよ」

「ああ」

沙希が料理をしている狭い台所から、「痛っ、指切った」という声が聞こえたので、驚いてすぐに立ち上がった。そこまでは良かったと思う。だが、沙希の手を取り、血が出ている指がよく見えるように自分の顔の近くまで持って行く途中で、この流れで血の出た指をそのまま口に入れる人がいたなと思い、既視感のある光景を避けるため、咄嗟《とっさ》に自分の指を口に入れたのだ。

あのとき、沙希は笑っていたように僕は記憶していた。

「永くん、わたしの血を見ながら自分の指を舐《な》めたんだよ。友達に言ったら怖がってたよ」

「そこだけ言うたら変な奴《やつ》になってまうやろ。なんですぐに友達に言うの？　俺は沙希ちゃんの友達と一緒に住んでるみたいに、常に言動に気を使いながら生活せなあかんのか？」

「そんなことはないよ」

沙希は三角座りでロングのワンピースから爪先《つまさき》だけを出し、足の指を縮めたり伸ばしたりしていた。

次の日、僕は原付を破壊した。破壊したという表現は少し大袈裟かもしれない。壊してしまおうとは思っていなかった。停めていた原付をおもいっきり蹴って倒したら、ハンドルが右に曲がり元に戻らなくなった。子供じみた行為だったと、すぐに後悔した。そのまま乗ったとしても真っ直ぐ進むことはできない。右折しかできない原付ではどこにもいけない。沙希には運転していて転んだら壊れたと嘘をついた。沙希は、僕の怪我《けが》を心配した。怪我がないことを伝えると、状況を詳しく聞かれたが上手《うま》く答えることはできなかった。

原付のことがショックだったのか、沙希は数日の間、とても無口になった。沙希は上手に嘘をつけるタイプではなかったので、原付をくれた学校の男子に原付が壊れてしまったことを正直に話したらしい。

彼は自分が学校を卒業して実家に帰ったあとも、想《おも》い出《で》の原付には東京の街を走っていてもらいたかったと落ち込んでいたという。それを聞いて、地元の飲食店で働くという彼の気持ちを考えると悪いことをしたと思った。彼が実家に帰る前に原付を壊してしまったのだから。それ以来、沙希は学校を休みがちになった。学校で気まずい思いをしたのかもしれない。沙希の次の誕生日に僕は自転車を買った。後輪に荷台がついた小豆色《あずきいろ》の八千円のものだった。

午後になってもユニクロのボーダーのスウェットパンツとダボダボのTシャツを着たまま、コタツに入り、ゲームのぷよぷよに熱中している沙希を見ていると不安になった。テーブルの上にはマクドナルドの袋があって、ポテトの残り香が部屋に充満していた。その姿と部屋の使い方は、そのままいつもの自分の姿でもあった。僕は創作活動という不確かな大義名分を立て、沙希と自分自身をあざむき、昼過ぎに起きて街中を目的もなく歩きまわり、ようやく気持ちが乗ってきたらなにかを書くが、気持ちが乗らなければなんにもしない生活を続けていた。

手元でコントローラーを器用に動かす沙希の隣に座る。

「俺もやらせて」

「いいよー」

沙希は一瞬で僕を負かしてしまう。なにをされたのかも、ほとんどわからなかった。数週間前まではこれほどの実力差はなかったはずだった。僕に勝っても喜びもしない。何度ゲームを繰り返しても勝つことはできなかった。

「永くん、サッカーゲームやっていいよ」

沙希は勝つことに飽きたのか、僕が暇な時間にやりこんでいるサッカーゲームをすすめた。

このゲームは選手の名前や顔や体型、能力値などのデータを自由に打ち込み、自分のオリジナルチームを作ることができた。僕はサッカー選手をあまり知らなかったので、近代文学の作家でチームを作っていた。フォワードは芥川《あくたがわ》と太宰《だざい》のツートップ。それぞれの作風や文体をサッカーの能力に置き換えて自分だけが納得のいく形で数値化した。中盤には漱石《そうせき》や三島がいてサイドには泉鏡花や中原中也《なかはらちゅうや》がいた。

「学校行った方がええで。お金もったいないから卒業しとき」

文豪達を操りながら僕は沙希を見ずにつぶやいた。

「うん」

「卒業したら、なんか知らんけど免状みたいなんもらえるんやろ？」

「そうだよ」

「こんな昼間に起きてゲームばっかりやってたらあかんやん」

「永くんにそんなこと言われると思わなかった。ひげがぼうぼうだよ」

そう言って彼女は笑った。そんな会話がきっかけになったかどうかはわからないが、沙希はまた学校に通うようになり、年を越えて服飾の大学を卒業した。

卒業式の後に、着物で一緒に写真を撮るため家で待っている約束だったが、「終わったよ」とメールが入ったので喜ばせたいと思い、下北沢の駅まで自転車で迎えに行った。商店街の人通りが多かったのですれ違わないように気をつけてペダルをこいだ。前から歩いてきた彼女は桜色の着物に濃紺の袴《はかま》をあわせ、前髪をきっちりと横に流し形のいいおでこをのぞかせていた。わかっていたはずなのに晴れやかに着飾った姿を遠目に見て、思わずはっとさせられた。

沙希は僕に気づかず、一人なのに誰かと話しているような笑顔を浮かべたまま自転車のそばを通り過ぎていった。幸福そうな彼女を見てなぜか僕は声を掛けることができなかった。そのまま気づかれないように自転車のペダルを踏んで、その場を離れてしまった。のんきに家を出たので上下共に部屋着のジャージで、上から古着屋で買った綿のコートをはおり、ぼさぼさの髪にニット帽をかぶった貧相な身なりが今さら心細くなった。

なぜ、咄嗟に隠れるようなことをしてしまったのだろう。以前なら、沙希がどのような状況でも気にせず声を掛けることができていたと思う。彼女に寄生して暮らす後ろめたさが知らないうちに大きくなっていたのだろうか。

沙希が気を抜いている隙《すき》のようなものを久しぶりに目にして、うろたえたのかもしれない。そんな姿を沙希が意図的に僕の前で出さないようにしているのなら、見てはいけないと思った。僕の前でも沙希は相変わらずよく笑ったが、以前のように手を叩《たた》いて派手には笑わなくなったし、たまに自分のことを下の名前で呼ぶ癖もなくなった。それを僕は時間の経過による成長といった類《たぐい》の、ただの変化だと思い込んでいたが違うのかもしれない。

「コンビニ行ってくる」と無駄なメールを送り、桜が咲きはじめた緑道沿いの道を蛇行しながら家に帰るタイミングを計りかねていた。

井の頭公園の七井橋から片手を池に伸ばし、餌《えさ》を持っているかのように指先をこすると、餌にありつけると勘違いした鯉《こい》の群れが争うように水面から顔を出して口をパクパクさせる。

「演劇ってなんでこんなに金にならへんのやと思う？」

わざわざ口に出さなくてもいいようなことをつぶやいた。

「なんでやろな」

欄干に両肘《りょうひじ》をつけたまま、野原も鯉を見ている。

「求められてないんかな」

「そんなことないと思うで」

餌が落ちてこないことに気づかないのか、鯉の群れは増え続けている。僕は飽きずに指をこすり続けた。

「それやめたら」

野原が僕に言った。

「なんで？　喜んでるで」

僕は指の動きを止めなかった。

「餌落ちてくると思ってるからやろ」

「でも生き生きしてるで」

水面にあぶくを立ててうごめく魚の眼や口からは強い生命力が感じられた。

「かわいそうやん」

そう言って野原は池に唾《つば》をはいた。

「沙希ちゃん、卒業したで」

「そうなんや。もうそんななんねや」

「叔父みたいに言うなや」

「沙希ちゃん、もう演劇やらんのかな？」

「やらんと思うで」

沙希とは、いつからかそんな話をしなくなった。

「なんか懐《なつ》かしい感じすんな」

野原は「またやったらいいのに」というようなことは言わない。演劇が好きな者は借金を作ってでもやるし、子育てしながら続ける人も珍しくない。一方で、すべてを演劇に捧《ささ》げた結果、報われずにあえて演劇と距離をとる人もいる。この世界には解雇も定年もない。食えていない絶対数が多いので一気に脱落というより緩やかな自然淘《とう》汰《た》があったり、人間関係や才能に左右されたりはするが、結局演劇を続けるか離れるかという決断をするのは自分自身でしかない。何度か「やってみれば」と僕が言っても、沙希は笑い流すだけで真剣に取り合うことはなかった。

『おろか』が二人の体制になってからは公演を打つタイミングなどは野原と話し合って決めることが多くなった。僕が興味を持っていることを野原にぶつけることもあれば、二人で意見を交換しているうちに全体のテーマが立ち上がってくることもあったが、次回の公演は野原の提案で同時期におなじ劇場で全く方向性の違う二つの芝居をしてみることになった。自分自身の新しい表現が見つかるかもしれないし、劇団の進む道が見えるかもしれない。

一つは、部屋の話を書こうと思った。舞台上に簡素なアパートの一室をしつらえる。他の誰かが知りえない閉塞《へいそく》された空間での、それぞれ独立した物語をオムニバスの形式で順に提示していく。その一つ一つの物語の場所は時期こそ異なるが同じアパートの同じ部屋であることを、窓の外の風景からわからせる。

時間は本当に過去から現在に向かって一定の法則で進んでいるのだろうかという疑

問に向き合ってみたかった。「過去にこだわるのはみっともない」というのは本当だろうか。そのように思い込んでいるだけではないか。未来に恐怖を感じるように、等しい時間の隔たりがある過去にも同じように恐怖を感じるのは自然なことなのではないか。

過去は常に現在の中にもあって、未来も常に現在のなかに既にあるのではないか。言葉にすると普通のことのようになってしまうのだけど、芝居でなら表現できるかもしれない。三つの物語を順に見せたあと、同じ一つの部屋という空間のなかで三つの芝居を同時に再現したら、人間の感覚を越えた作用がそこで働いていたことに気づけるのではないか。Aの物語とBの物語とCの物語の登場人物達は各々《おのおの》の人生を生きているだけなのに、同じ空間に放つと、見えていないお互いの問い掛けに呼応しているというようなことが起こらないだろうか。

突然、僕達が訳のわからないことを口走ってしまう時、それは同じ空間にある別の時間軸のなにかの影響を受けているのかもしれない。そのことについて突き詰めて考えてみたいと思った。

もう一つは笑えるものをやってみようと思っていた。もともと学生時代は自分の脚本で笑ってもらいたいという欲求が強かったが、演劇を本格的に進めていくにつれて、自分のなかのどうしようもない感覚や摑《つか》み切れない感情に無理やり形式を与えたりせず、その奇妙な形のまま表出してみることにこだわるようになった。今回はこれまでに重ねてきた方法をベースとしながらも、感情を前面に押し出すことと、役者の身体的な特性から生まれる笑いを融合させて作ってみたらどうなるのかを試してみたかった。

沙希は朝から洋服屋で働き、夜は近所の居酒屋でアルバイトをする生活をはじめた。飲食店で働かせることには抵抗があったが、そもそも沙希の仕送りは服飾の大学を卒業するまでと決められていたので仕方がなかった。両親が実家に帰って来るように促したようだが、沙希にそのつもりはないようだった。

学校を卒業することが東京で暮らすことの目標ではなかったはずだし、実家に帰ることでなにかあるというわけでもなかった。あたりまえのように僕達は二人でいることに慣れていたし、この生活を続けることを不思議だとも思わなかった。

仕送りがなくなったタイミングで、沙希から今後のことも考えて光熱費だけでも払ってもらえないかと相談されたが、人の家の光熱費を払う理由がわからないという苦しい言い訳で逃れた。深刻な言い方にならないように明るく言うように努めた。

「たしかに人の家の光熱費払う人いないよね。うけるー」

そう笑っていたが、当然ながら沙希が納得しているとは思えなかった。

沙希が朝から働くようになっても、僕の生活は変わらない。夕方頃に起きて、することのない言い訳のように散歩して、演劇のことだけをひたすら考えて、ほとんど何も思いつかないまま部屋に戻る。

アパートに帰ると、沙希は「おかえりー」と明るく出迎えてくれる。必要以上に疲れたふりをして風呂《ふろ》に入る。湯船に浸《つ》かりながら天井からポタポタ垂れるしずくを眺めていると、本当に自分が仕事をしたような気になってくる。

風呂からあがると沙希が麦茶とともに、梨《なし》をむいて持ってくる。母がむくものより小さく切ってある。僕はリンゴより梨の方が好きだが、なぜか家族にはリンゴが大好物だと思われていて、食後に梨が出た時も、僕にはリンゴが出され梨を口にすることができなかった。家族の期待に応《こた》えるために梨には興味がないふりさえもした。

そんな梨を出されると、いよいよ自分がなにか大きなことを成し遂げたような気になってくるから恐ろしい。

だからといって、少しでも油断すると生活やお金の話になるような気がして、それを避けるためにずっと僕は物憂《ものう》げな表情を作っていた。物憂げな表情のまま眠るわけにもいかず、眼を開けていなければいけない。

僕は憂鬱な表情のままプレイステーションの電源を入れる。サッカーゲームの映像が流れる。トーナメントのモードにして自分で作成したチームで参加する。ひとりでコンピューターと対戦するわけだが、コンピューターの強さを選ぶことができる。一番強いモードではなく、普通のモードに設定する。コンピューターに、「本気出さないでくださいね」とお願いしているようで、不本意だったが、強いモードでボコボコにされると、もっと憂鬱になると経験上わかっていた。どう転んでも劇的に気分が晴れる瞬間なんて訪れない。でも、どこかで期待もしている。予選は敵があまり強くないから、残酷な態度で大量得点を狙《ねら》う。漱石のドリブルで相手の中盤を切り裂く。サイドにはった中原中也がボールをトラップし、相手ディフェンダーのスライディングタックルを鮮やかなジャンプでかわす。中也からボールを受けた芥川は髪の毛を乱しながら快足を飛ばし、ゴール前で待ち構える太宰に右足でセンタリングをあげる。太宰はダイレクトでボレーシュートを炸裂《さくれつ》させゴールネットを揺らす。両手の拳《こぶし》を強く握りしめた太宰が雄叫《おたけ》びをあげている。まず芥川が太宰に駆け寄り、少し遅れて漱石が、そして最後に中原中也が太宰の元に駆け寄る。自軍のゴールを守る井伏鱒二《いぶせますじ》は愛《まな》弟子《でし》のゴールを称《たた》えるように頭上で手を叩いている。

そこで初めて沙希を見る。

「すごいね」

その言葉を言わせるために、わざわざ顔を見たようなものだ。

沙希が僕に掛けるこういう類の励ましも嘘になるのだろうか。これも罪に加算されるのだろうか。誰も騙《だま》されていないからいいのだろうか。

初心者の友達と対戦していたら確実に嫌われるような残虐《ざんぎゃく》なプレーを繰り返す。オーバーラップした森鷗外《もりおうがい》にまでヘディングシュートを決めさせた。イエローカードを一枚貰《もら》った三島の代わりに萩原朔太郎《はぎわらさくたろう》を投入する。

「朔太郎入ったら、もう終わりやで」とひとり言をつぶやいて、自分を気持ちの悪い男だと思った。物憂げな表情も、すっかり忘れてしまっていた。

一緒に暮らしている彼女を働かせて悠々自適に過ごせる男を羨《うらや》ましいと思う。たとえば、ヒモなどという言葉に身をゆだね、他人から蔑《さげす》まれる存在になっても恥と思わない男を、一旦《いったん》は馬鹿《ばか》にしたうえで羨ましく思う。痛覚が狂っているのではないか。それでいて、「救いようがない男」という安易な堕落《だらく》に逃げ込み、自分だけは居場所を見つけて上手く救われている人も羨ましい。自分は彼等と行動は似ているかもしれないけれど、実体は全然違う。僕には完全に負け切れない醜さがある。サッカーゲームに熱中している横顔を恋人に見せながら、これをなんとかストイックな一面と受け取ってもらえないかなどとせこいことを考えている。

予選リーグは圧倒的な強さで突破した。

ベッドで横になりながら見ていた沙希のまぶたの動きがゆっくりになる。実況が大きな声を出すと慌《あわ》てて眼を開けて、垂れかけたよだれを吸う。

僕はゲームの音量を落とし、「もう寝たら」と声を掛ける。

「永くんはまだ寝ないの？」

「俺は、もうちょっと考えたいことあるし」

「うん。おやすみ」

また、太宰が得点を決めた。予選リーグは太宰と芥川が得点ランキングのトップで、漱石がアシストランキングのトップだった。誰か特定のメンバーを活躍させたいという意識から離れたい。チームの勝利を純粋に願った結果、思わぬ人が得点王になった、というのが理想で、贔屓《ひいき》にしている選手が活躍し過ぎると、おのれの一人相撲の様相が強まり自分でも冷めてしまう。すべてわかったうえで、なにもわかっていないふりをしなければならない。突き詰めて考えると、自分がなにもしていないことに気づいてしまう。それもわかったうえで知らないふりをしなければならない。

沙希が寝れば、目的は果たしたわけだから自分もいつ寝てもいいはずなのに、なかなかゲームを止《や》めることができない。次の試合で、十得点差をつけて勝ったら終わろうと思っていたら、そんな試合に限って九点しか取れなかったり、相手に一点奪われたりする。納得のいかないスコアだと、もう一度やり直したりする。時間の感覚がなくなってゆく。

アパートの外をバイクが走る音が聞こえる。若者のたわむれる声が聞こえる。窓の外が白む。この夜、自分は何をやっていたのだろう、ということは考えないようにする。

沙希の目覚まし時計が鳴るが、沙希はすぐに止めて何事もなかったように眠る。再び目覚まし時計が鳴る。さっきよりも陽射《ひざ》しが強い。一度めに目覚ましが鳴ってから、もう五分も経《た》ったということが信じられない。感覚は淀《よど》んでいるのに時間の流れは速い。

沙希は布団《ふとん》から出ると、「おはよう」と言ってベッドに腰掛けゲームの画面を見る。

「どっちが勝ってんの？」

沙希は寝起きの声を隠そうとはせず、僕に話しかける。

「一点差で勝ってる」

僕はわざと疲れたような声を出す。

「青いほう？」

「それはイタリア。白が俺」

「あれ黒じゃなかったっけ？」

「ホームは黒で、アウェイは白やねん」

沙希がシャワーを浴びる音が聞こえる。こぼれ球を谷崎が拾い、志賀直哉《しがなおや》の足もとにパストッティと三島が激しく競《せ》り合う。志賀直哉から漱石に、漱石からダイレクトで太宰に縦パスが入ったが、カンスする。ナバーロが激しいタックルで太宰を倒す。ペナルティエリアのすぐ側《そば》で、直接フリーキックを得た。泉鏡花が弧を描いた鋭いシュートを放つがブッフォンに弾《はじ》かれる。準決勝ともなると、かなり敵も強くなる。やむなく萩原朔太郎を投入する。朔太郎はあっというまに二点を奪い試合を決めた。

少し前からドライヤーの音がしていた。

「勝った？」

沙希が髪の毛を乾かしている。昨日から着たままのスウェットに鼻を近づけると汗が染《し》みこんだ臭気がした。自分も風呂に入らなくては。

「次、決勝やで」

「すごいじゃん」

「でも、危なかったから朔太郎出してもうた」

「それでも、すごいよ」

決勝はブラジルとの対戦だった。

沙希は服も着替え、メイクをしている。

踊るようなドリブルのロナウジーニョには森鷗外をマンマークでつける。激しいプレーのアドリアーノには谷崎をつけよう。

試合が始まる。これが終わったら眠れる。右サイドを駆け上がる川端康成《かわばたやすなり》にロベルト・カルロスがスライディングタックルを仕掛ける。こぼれ球をカカに拾われる。なかなかブラジルからボールを奪うことができない。

仕事に行く準備の合間に、沙希はどっちが勝っているかと聞いてくれる。

焼けたパンの香りがしている。試合は拮抗《きっこう》している。

僕に気を使って電気はつけないでいてくれるけれど、カーテンの隙間からは朝の光が洩《も》れていて、外の通りからは日常が始まろうとする音がしている。沙希はリュックを背負い玄関で靴を履いている。

芥川が放ったオーバーヘッドキックをブラジルのキーパーのジーダがキャッチする。

沙希がこっちを見ている気配がする。僕も一瞬、玄関を見る。

「永くん、がんばってね！　どっちが勝ったか、あとで教えてね」

「おう」

眼を離したすきに川端康成がロベルト・カルロスにボールを奪われる。

ドアが静かに閉まる音が聞こえた。以前は何度注意しても沙希が大きな音を立ててドアを閉めていたことを思い出した。

後ろから追いかけていった川端康成がロベルト・カルロスに背後からスライディングタックルをかます。ロベルト・カルロスが崩れるように前に倒れる。笛が鳴り、審判が川端にイエローカードを出す。川端は両手を腰に当てうつむいている。

さっきの沙希に対する最後の返事は少し素っ気なかったのではないか、折角応援してくれているのに。それにしても、自分はなにを応援してもらっていたのだろう。もう何時間もゲームをやり続けて眠たいし、萩原朔太郎を投入しようと思ったが、どの選手もがんばっていたし、川端がイエローをもらったのは自分のせいだし、誰と交替させればいいかわからなかった。

この間の公演が思ったように上手くいかなかったことがぼんやりと思い出された。部屋の歴史を辿《たど》るように、同じ部屋を舞台にした三つの芝居を見せて、最後に三つの芝居を同じ空間の中で見せるという趣向で脚本を書きあげたものの、稽古場《けいこば》で実際に動いてみると、たいして面白い効果をあげなかった。人間の無意識の部分で出来事が呼応し合うという奇跡は起こらず、セリフや動線が重なり潰《つぶ》し合った。テンポをずらしたり、セリフを入れ替えることで、それぞれの異なる物語の登場人物達の言葉が掛け合いになる場所を意図的に作ってみたりもしたが、偶然性を意図的に作ると作為が透けて見えて、やればやるほど作家の主張がうるさくなった。それは本来の狙いとは正反対のことだった。

応急処置として、独立した物語を同時に演じるのではなく、順番に提示して、鑑賞する側の頭の中で混ざり完成する方向にシフトチェンジした。口内で完成する創作料理のような効果で新味を出すことを狙い、本番前までは勝算もあったのだが、正直不安が残っていたのも事実で、同じ部屋を舞台に異なる時代に起こった出来事を並べるだけでは凡庸《ぼんよう》過ぎるように思えた。複雑な問題点を回避したことで公演としては成立したかもしれないが、誰にでも思いつくことで得意気になっていても仕方がない。演劇は形にしなければならない。頭の中ではなく、紙の上でもなく、舞台上で完成させなければならない。

全部忘れてしまおうと思って、画面の中の試合に意識を戻したが、忘れられるはずがなかった。問題点はなかったことにするのではなく、向き合わなければならない。いつまでも後ろめたさがつきまとった。

一方で、その直後にやった「笑い」の公演では思わぬ発見があった。

稽古場で役者が与えられた役柄を全力で演じるのだが、望んだものとは違う生理的な現象が表情に出た。明るい役柄を演じているのに、どうしても踊る時に赤面してしまう役者がいたのだ。今までなら徹底して稽古を繰り返し、存在そのものを明るい人間に変えて欲しいと役者に要求したのだろうけれど、身体的な特性を活《い》かすという試みが念頭にあったからか、その欠点を排除せずに物語に取り込んでいった結果、自分の脚本が予定調和でないものに変貌《へんぼう》した。

実をいうと、以前に沙希とやった『その日』という公演での感触が、ずっと頭の中に残っていた。沙希が日常で見せる、あらゆる感情がない交ぜになった表情。発する言葉とは矛盾する感情の気配が表情から読み取れることがあった。ああいう迷いのようなものを排除して一貫した思考を持つ登場人物が存在してもいいのかもしれないけれど、迷いを抱えたまま動く人間の面白さのようなものを表現できないだろうかと考えていた。

世界から歪《いびつ》なものを排除するなら、真っ先に消えるのは自分だ。沙希は顔を引きつらせながらも、いつかの自分を拾ってくれた。排除するのではなく、取り込む。受容する。そうすれば、なにかが見えてくるのではないか。その点に関しては、一つの成果を得られたかもしれない。

野原と『まだ死んでないよ』という劇団の公演を観《み》に行ったのは年が明けてすぐのことだった。

「一見、永田が嫌いそうやねんけど、結局は好きっていう感じの劇団あるで」という独特の言い回しで、野原は僕を誘った。噂《うわさ》を耳にしたことはあったけれど、脱力させる意識的な劇団名が苦手で、まだ観たことはなかった。演劇だけにかかわらず、創作全般に対して気負い過ぎず自然体であろうとする雰囲気を過剰に主張したがる輩《やから》が性に合わなかった。

のんきな奴等がふざけ合いながら何気ない日常を過ごし、でもその心には深刻な苦悩を抱え、それが表出されるのは必ず決まったように後半で、最後は無理やり泣かそうとするようなものが特に嫌いだった。そういうものに出くわすと、「お〜い、前半からかなり匂《にお》ってたよ〜」と指摘したくなる。

そういう演出を初めて目にした時、おそらく僕は感動したのだと思う。最初の数回は好意的に感受しただろう。しかし、印象的な方法だからこそ類型を感じずにはいられない。食傷気味という感想が憎悪《ぞうお》へと移行するのに時間はかからなかった。

下北沢の『楽園』という小さな地下の劇場が会場だった。開場時間よりも早くに到着したので、劇場近くのヴィレッジヴァンガードで時間を潰した。雑貨や漫画を一通り物色し店内を歩いていると、『暗夜行路』、『破戒』、『人間失格』と近代文学の小説が揃《そろ》っている棚があった。自分のサッカーゲームのレギュラーメンバーが並んでいるように見えて落ち着いた。はじめから破滅的な状態で始まる小説がこんなにもある。

そこでふと、ここに並ぶ近代の作品に対する批判的な意味合いで、あの軽いノリを漂わせながら最終的には深刻な内面を表明するようなものが発生したのかもしれないと頭によぎった。だとしたら、自分も結局は同じような反発を繰り返しているだけなのだろうか。自分の好みも繰り返しの反発を担《にな》う一端に過ぎないのだろうか。

野原から「着いた。どこ？」とメールが入った。店から外へ出ると、真冬の風は肌を千切るような冷たさだったが、屋外の冷気が肺に満ちたことで緊張が緩んで、知らない間に自分が言い知れぬ息苦しさを感じていたことがわかった。

野原と連れだって劇場の階段を降りる。下降して楽園を目指すというのも妙だと思ったが、野原に言うほどのことではなかった。

舞台上は上手《かみて》に額縁が一つぶら下がっていて、中央後方に椅子《いす》が一脚置かれただけの単純なものだった。

客席は満席に近い状態だった。話題になっている劇団の公演でよく見かける顔見知りが何人かいたし、映画によく出演していた年配の俳優も一人で観に来ていたし、もはやセンスの門番と化してしまった、かつては本人もクリエーターだった眼鏡のおじさんも深めに腰をかけていた。劇団が注目されていることは客席に座っただけでも容易に理解できたが、この辺の連中が観に来ているようなら世間的な評価は高いにしても恐れることはないだろうという変な安心感があった。しかしその安心を拠《よ》り所《どころ》にしようとする自分に気づくと、すぐにそれと反目する不安が押し寄せてきた。

面白いものを目撃し証人になりたいとする期待が、あちこちから漏れ聞こえる押し殺したような会話によって、さらに増幅されるようだった。僕は野原とは離れて最後列に座り、ほかの客の後頭部を見ながら、館内のざわめきを受け入れることができず、観る前からこの芝居を罵《ののし》ることを想像し、静まらない胸騒ぎを跳ね返そうとしていた。

しかし、終演後、僕は演劇を観て生まれて初めて泣いた。開演してまもなくは想像していた通りの典型的な脱力した笑いと自然体を装《よそお》うような演出だった。そして後半は、やはり想像していたように登場人物達が本性をあらわし感情的になるものだった。だが僕は感動して泣いた。これはなんだろう。ただの才能というものではないか。次元が違った。僕が批判的に捉えていた要素などは、本人達にとってはどうでもいいということが公演を観てわかった。そもそもの力が強いから、理屈やスタイルで武装化する必要がないのだ。

彼等の強さを理解することは同時に自分の弱さを発見することでもあった。幕が閉じ客席の灯りがついた後も、数秒間は動きだすことができなかった。隣で人が突っ立っているのは、自分が障害物になっているからだと気づき慌てて動き出した。

この夜は舞台を作ったもの達の夜で、自分はそれ以外のなにかでしかなかった。

「具志堅用高やったやろ？」

野原は僕の反応を見たうえで、そう言ったのだと思う。

「かなり具志堅用高やった」

それは僕達が中学時代によく使っていた、素晴らしいものを表するための最大級の賛辞だった。

『まだ死んでないよ』の作・演出を手掛ける小峰という男が自分と同じ年齢だと知り、

不純物が一切混ざっていない純粋な嫉妬というものを感じた。彼を認めるということは、彼を賞賛する誰かを認めることでもあって、その誰かとは、僕が懸命にその存在を否定してきた連中でもあった。

野原と詳しく感想を言いあう気にもなれず、駅前の雑踏に身を任せるままに商店街を歩いた。日の暮れた街を往《ゆ》く人々は劇場の客席にいた人数よりも遥《はる》かに多かったのに、すべての人間が『まだ死んでないよ』の舞台を讃《たた》えているかのような耳障《みみざわ》りな声がしていた。

駅を背にして歩く。街の中心部から離れると、人の数が極端に少なくなる。人々のなかにいるから疎外《そがい》を感じていたはずなのに、人混みを抜けると、それはそれで物足りなさを感じてしまう。案外、疎外という感覚は孤独と同じくらい歩くうえでの支えになるものなのかもしれない。

冬の夜の静けさだけが続く歩道の長閑《のどか》さは、簡単に自分から抵抗力を奪い、心地いあきらめの渦に引きずりこもうとする。あれには負けても仕方がないと認めてしまえば楽になるのかもしれない。それに逆らい、適切に傷つきながら冷たい道を汚れた靴で歩いた。

久しぶりに青山からメールが入っていた。劇団を去る時の騒ぎを思い出し、また罵られるのではないかと憂鬱《ゆううつ》な気分になったが、青山は余裕を感じさせるほど落ち着いた様子だった。

今は演劇と並行して執筆業もやり始めたらしく、『まだ死んでないよ』の公演を取材に行った際に劇場で僕を見かけたという。そして、僕にも執筆の仕事を頼みたいとメールには書かれていた。

まずは打ち合わせがしたいということだったので、呼び出されるまま下北沢にある指定されたカフェに行った。あれから自分がいかに順調に仕事をしているのかを自慢されたりするのだろうと覚悟はしていたが、演劇だけで食えていない自分にとって演劇と近い環境で執筆のような創作に関わる仕事ができるなら、それはありがたいことだった。

店に入ると、青山はすでに窓際《まどぎわ》の席に座っていた。前髪を短く揃えた黒髪のショートカットで黒のタートルネックに黄金色《こがねいろ》のロングスカートを合わせていた。自然光で輪郭がぼやけた青山の横顔を不覚にも美しいと感じてしまった。青山はポットからカップにハーブティーを注ぎながら、僕に気づくと動きを止めて微笑《ほほえ》んだ。

「永田さん、お久しぶりです。元気でしたか？」

「うん、なんとか。すぐわかったで」

「そんな三年くらいしかたってないんですから、わかってもらわないと困りますよ」

そう言って青山は気楽そうに笑った。

想定していたよりも柔らかい調子で話しかけられ、思わず面喰らってしまったが、そういえば青山と初めて会った時は今日と同じように人当たりの良い印象を持っていたことを思い出した。

ほんの数年のことではあるが、あの時期の自分の強硬な姿勢が周りを苦しめていたのかもしれない。

その辺の事情に触れるべきかどうか迷っていると、青山の口から自然と言葉が出た。

「あの時は、すみませんでした。ずっと謝りたいと思っていたんですけど、なかなか勇気が出なくて」

青山の表情に重たい影はなく、劇団を脱退する時のいざこざは、すでに過去の出来事として消化できているようだった。

「いや、こちらこそ、なんかごめんな」

思い出すと我ながら恥ずかしい。こうして直接に顔を合わせて話せていることが信じられなかった。

「でも永田さん、『まだ死んでないよ』とか好きなんですね。ちょっと意外でした」

「ああ、野原に誘われて。青山も同じ日にいてたんやな」

「そうなんです。『まだ死んでないよ』の公演のレポというか記事を書かせてもらってるんですよ。劇団のみんなと仲良くて」

「そうなんや」

「『まだ死んでないよ』は本当に注目度高いですからね。演劇というジャンルを壊さずに再構築するというか。公演を重ねるたびに進化してて、小峰くんは本当に天才ですよ」

かつて自分の劇団にいた人間が、自分と同じ年齢の演出家を天才とまで褒め讃えているのを聞かされるのは少しこたえた。

「でも永田さんも凄《すご》いと思うんですけどね。だから私も永田さんの劇団に入ったわけですし」

意図している訳ではないのだろうけど、青山の言葉の端々にある棘《とげ》が自分を刺すようだった。それでも、自分の作る演劇を蔑み去っていった人間が、もう二度と会いたくないとこちらでも避けていた人間が、自分を少しは評価しているということに安心してしまう部分もあり、自分の心のなかの合格点が随分低いということを情けなく思った。

「永田さん、最近コンスタントに公演重ねてますよね。私の周りでも観に行ってる人いますよ」

最近は以前と比べると少しは客足が伸びていた。しかし、『まだ死んでないよ』のように、この劇団じゃないと駄目なんだと思ってくれる熱狂的なファンはいないのかもしれない。

「でも演劇って、やればやるほどお金が大変になるじゃないですか？　永田さん、どうやって生活してるんですか？」

ハーブティーを注ぎながら、こちらを見ずに青山が言った。

「恋人と住んでるから」

ふと沙希の顔が頭に浮かんだ。沙希とハーブティーを置いているようなカフェに来たことはなかった。

「えっ、そのパターンですか？　駄目ですよ自分で稼がないと」

「いや、ちゃんと考えてて、いつか恩返ししようと思ってるから」

言葉が自然と言い訳のような響きをおびた。

「本人は嫌がってないし、とか思ってるんでしょ？」

「迷惑かけてるなとは思ってるよ」

「まぁ、私も人のこと言えないんですけどね」

「そういえば戸田は元気なん？」

そう聞いてしまったあとで、聞かなければ良かったと思った。

「知らないです。あの人は幻想を追い掛けてるという理由で、批判から逃げたり、人に許されようとしてるけど、本当は全部口だけですから」

別れてしまったんだなと思った。

「私も自分で動かないといけないと思って、それで、文章を書く仕事も並行してやれないかなと考えてはじめたんです。演劇のことブログに書いてたら読んでくれてた編集者さんがいて、その人が声掛けてくれて。もちろん、片手間でやれるとか文筆業を舐《な》めてるわけじゃないですよ。役者を続けていくなかで、私は書かないから、ずっと小峰くんとか書ける人に負い目のようなものを感じてたんですけど、自分で書くようになってようやく演じる時、自分のニュアンスを入れることに臆《おく》することがなくなったんですよね」

正直、『おろか』で一緒にやっている時は役者としての青山から特別な魅力を感じたことはなかった。言われたことを忠実にやろうとしてくれるので邪魔にはならないといった印象で、途中から変な癖がつきはじめたなと気になりだした頃に劇団の状態が悪くなった。

「そうそう、それで永田さんは文章書く仕事とかどう思ってますか？」

「演劇でも俺の場合は、一人で脚本《ほん》書いてやるからな」

「そうですよね、永田さんの書く脚本って、演出つける前でも読みものとして成立してるじゃないですか。だから文章書いたりするの向いてると思うんです。すみません、偉そうに」

「いや。でも演劇の作り方としてこれでええのか、まだ探ってるとこやけど」

「正しい作り方なんて永久にわかりませんよね。手を抜かずにやることしか」

演劇をやる上で手を抜いたことはない。ただ、青山から真っ当な意見を聞かされると少したじろいだ。

「私、最初は演劇関係の記事だけを書いてたんですけど、そこから派生してほかにも色々と誘ってもらって一人じゃ捌《さば》けなくなってて、それで誰か書ける人いないかなと思ってたら、あっ、永田さんがいたと思って」

こんなに、人懐っこい顔をするのだなと思った。

僕が青山を認めていなかったように、青山も僕のことを認めていなかったのだろう。

「へー、売れっ子さんなんやね」

よくわからない感想を言ってしまった。

「全然そんなことないですよ。それで永田さんにもお願いしたいなと思いまして」

軽薄な言葉を吐いても、青山は満更《まんざら》でもない様子だった。

「俺でええなら」

いちいち声が上ずる。

「本当ですか、ありがとうございます」

「いや、こちらこそ」

演劇と全く関係のないバイトで糊口《ここう》を凌《しの》ぐよりも、書くという点で演劇と親和性の高い文筆業をやれるなら自分にとっては願ってもないことだった。それでも、そこはかとなく心に漂う微《かす》かな罪の意識が気になった。ただ、それがなにに対しての暗い感情なのかは自分ではよくわからなかった。

「なんかいいことあったの？」

沙希は少し冷めてしまったたこ焼きを口のなかで移動させながら、僕に聞いた。

「なんで？」

「だって、永くんがお土産で、たこ焼きを買ってきてくれる時はだいたいそうでしょ？」

今まで意識したことはなかったけれど、もしかしたらそうなのかもしれない。

「いや、店の前を通ったから買っただけやで」

沙希がたこ焼きのパックを僕に差し出したので、ソースが掛かり過ぎていない端の一つに楊枝《ようじ》を刺し、丸ごと口に入れると程良い重さが舌と顎《あご》で感じられた。

「大阪人だから、嬉《うれ》しいことがあるとたこ焼き食べるのかと思った」

「なんか恥ずかしいからやめて」

口の中で香ばしさがひろがる。

「えっ、なんで恥ずかしいの？」

「大阪人やから、たこ焼き好きって、なんか平凡過ぎひん？」

たこは口の中でもその形と固さによって、たこであることを主張している。たこを舌の上で転がして奥歯まで運び、噛《か》むと甘さがひろがった。

「平凡って？」

沙希は次のたこ焼きを頰張りながら僕の方を見た。

「外国人観光客が裾《すそ》短めの浴衣《ゆかた》を着てるとか、棒高跳びの選手がやや面長《おもなが》とか、酔うてる女が自分のヒールを担《かつ》ぐようにして裸足《はだし》で真夜中の道路を歩いてるとか、これが平凡や」

「えー、わかんない。棒高跳びの選手がやや面長しかわかんない」

「なんで、それはわかってん」

思わず笑ってしまう。沙希は不意に僕を笑わせてくれることがある。そもそも沙希の発言にあまり笑ってはいけないという意識はいつ生まれたのだろう。

「面長であればあるほど、良い選手っぽいよね」

僕が笑ったことに気づくと沙希は得意気に勢いづいて楽しそうに話す。その表情を見て、そうだ、と気づく。この純粋な心の動きに触れると、沙希だけではなく二人の生活そのものが居《い》た堪《たま》れなくなるのだ。

「面長の選手は跳びますよー」

沙希が追い打ちを掛けてくる。僕はすっかり飽きてしまっていたけれど付き合うことにする。

「いや、実際はそんなことないから」

「えっ、永くんが言いはじめたんじゃん!」

そう言って彼女は大きく笑う。

「棒高跳びの選手が、やや面長とか全然平凡ちゃうから。丸顔の棒高跳びの選手もおるからな」

沙希はたこ焼きを口に入れ始めたところだったので、返答はせず「ちょっと待ってね」という顔で僕を真《ま》っ直《す》ぐ見つめたまま口を動かしている。

「平凡というのは、編み物してる途中で寝てしまうおばあちゃん、とかな」

沙希の口のなかのたこ焼きはまだ小さくならないのか、「まだ話さないで」という視線を僕に送りながら顔を上下に動かし、覚悟を決めたように一気に呑《の》みこんだ。

「だから、わかんないよ」と沙希が言った。

「なんでわからんねん」

「わかんないよ！」

「ほな、おじいちゃんが日曜の午後に戦争の話をするのは？」

「それは、わかるよ」

「なんで、わかんねん」

「しかたないよ、わかるんだから。わたしね賢いとこあるからね」

沙希と一緒にいると才能や賢いことなどが些《さ》細《さい》なことに過ぎないと思える瞬間があった。つかの間でもそう思ってしまうことが自分の仕事にとって良いことなのかどうかはわからない。

「なんか、おばあちゃんの話してたら、おばあちゃんが、かわいいという気持ちが抑えられへんようになってきたな」

僕が少し興奮した調子でそう言うと、沙希は慌てて「あっ、それやめて！」と制するように言った。

以前にもこのような会話になったことがあった。その夜の僕がしつこかったから沙希も覚えていたのだろう。誇ることではないが、やり始めるとしつこいというのは僕の特徴の一つでもある。

「おばあちゃんかわいい、おばあちゃんかわいい、ああ、おばあちゃんかわいい！　おばあちゃんかわいいよ！」

「やめてって！」

「ああ、おばあちゃんかわいいよ！　おばあちゃんかわいい！　おばあちゃんかわいい！　おばあちゃんいないか！　おばあちゃんに会いたいよ！」

「なんか怖いからやめてよ！」

沙希はソファーに置いてあった小さなクッションで僕の顔を隠そうとした。

「沙希ちゃん、ちょっと駅前行っておばあちゃん探してきて！」

「やだよ！」

「頼む！　おばあちゃんに会わせてくれ！　おばあちゃーん！」

「永くん、本当にやめて！」

そう言いながら沙希が笑っている。

沙希がたまに見せる繊細な表情を見るのが怖くて、いつからか僕は沙希の前で積極的にふざけるようになった。沙希が笑ってくれると、沙希を沙希だと思うことができた。

僕は沙希に、僕がのぞむ沙希でいることを強制していたのかもしれない。

「おばあちゃんかわいい！　おばあちゃんかわいい！　沙希ちゃん、駅前行っておばあちゃん拾ってきて！」

「落ちてないよ！」

「おばあちゃん！　おばあちゃん！」

「永くん、ちゃんと聞いて！　なんで急に言葉が通じなくなっちゃうの！　気持ち悪いから、もうやめてよ！」

沙希は身体《からだ》を折り曲げて笑っている。

「おばあちゃん！　おばあちゃん！」

「おなか痛いよ」

他人からみれば、馬鹿同士が戯《たわむ》れている光景にしか見えないことだろう。でも僕は沙希が笑っているこの時間が永遠に続いて欲しいと願った。この沙希が笑っている時間だけが永遠に繰り返されればいいと思った。

青山からは週が変わってすぐに連絡があった。文筆の仕事ということで、僕はエッセイやコラムなどを書くことになるのだろうと想定していたが、実際には東京のコアなスポットを取材してネット記事にするといった情報的なものだった。個性を抑えたうえで、読者が取材対象に興味を抱くように計算して書くことが要求された。使いなれない言葉を恥じながら使う必要もあった。しかし普段立ち入ることができない現場を見学し、なにかを吸収する機会として前向きに捉《とら》えることにした。書く仕事は、長時間身体を動かすよりは自分に合っている。一つの仕事を終えると、また青山から次の依頼があった。次があるということは、そんなに悪くはなかったのだろう。あまり深く考え過ぎないように一つ一つをこなした。

春頃から、そろそろ一人で住んでみようかと考えていたが、資金がないので具体的に物件を探す段階までは進んでいなかった。

それでも、もともと収入が安定するまでの間だけ沙希のアパートに住まわせてもらう約束だったのが、ずるずると延びていたので、住所不定の状態から前進したいという想《おも》いがあった。沙希はそれなら一緒に広い所に引っ越そうと下北沢などの物件情報を持ち帰って机の上に並べたり、不動産屋と連絡を取り合い、内見まで済ませていたが僕は気分が乗らなかった。

青山の紹介で文章を書く仕事が増えたとはいえ、僕にまわってくるのは誰かに搾取《さくしゅ》されているのではないかと疑いたくなるほど安い原稿料のものばかりで、数をこなしてなんとかやっていけるという程度だった。今まで家賃はおろか光熱費さえも出し渋っていたので、いくらか沙希に渡すべきではないかと思いもしたが、いざ小銭が入ってくると、その金のほとんどは自分の本やＣＤ、洋服代として消えていった。

そんな生活を続けていたため、一向に金が貯《た》まる気配はなかったのだが、六月に二か月ほど遅れて入ってきた原稿料が複数あり、その月の収入と合わせると、無理をすれば引っ越しができるほどのまとまった額になっていた。理由の一番大きな部分は創作を最優先させたいということだった。

もちろん沙希は僕の仕事を最大限に尊重してくれていた。僕が考えごとを始めると、テレビの音量を下げて、話しかけないようにしたし、僕が夜中に一人で散歩に出掛ける時も文句ひとつ言わずに笑顔で、笑顔が邪魔になりそうな時は、真顔で送りだした。一方で、働きはじめた沙希を見ていると、どうしても気が引けてしまい、こちらでも気を使ってしまうようになった。ほとんど本業で稼いでいない自分に対して恵まれ過ぎた環境が耐え難くなってきてもいたのだ。この矛盾を解消する術《すべ》を自分は持っていなかった。人としては常識的な感覚かもしれないが、優しさや思いやりを作品の良《よ》し悪《あ》しの言い訳にしてしまう可能性を自分が持っていることにも気づいていた。優しい人の顔を見ながらでは血だらけで走ることはできない。自分の弱さを隠しきれなくなり、寄り掛かってしまいそうになるからだ。

そんな考えを一旦持ってしまうと、創作に向き合う時に沙希の存在をうとましく感じてしまうようになった。沙希が僕を気遣って話すのを止めた時、その静けさはとても大きな音として僕の神経を逆なでするようになった。出会って間もない頃は、自分の好きなように我がままに振る舞うことができていたが、どこで拾ってきたのか余計な社会性を沙希との関係にまで持ち込むようになってしまった。

それは、もしかしたら青山が僕にもたらしたものかもしれない。

『まだ死んでないよ』の舞台を観て衝撃を受けたのも、小峰という演出家に圧倒されたのも事実だ。

しかし、彼を自分にとってどのような存在として位置づけるか自分で考える余裕も与えられずに、それに心酔している青山の『まだ死んでないよ』に対する羨望《せんぼう》や同世代の旗手としての期待が移植されてしまった。というより強引に認めさせられてしまった。

青山と仕事をするようになると、私生活の乱れを冗談っぽく咎《とが》められたり、原稿の遅れを許されたりしているうちに、情けないことに青山の顔色をうかがうようになってしまった。

青山は単純に世間という感覚を僕の生活に吹きこんだ。自分が同世代の中で、どの程度の暮らしをしているのかといった類《たぐい》の圧倒的にリアルな日常の匂いを持ち込んだ。今までは無縁だった大人としての常識らしきものに毒されはじめたのだと思う。

そこから強引に小峰を見上げさせられた。

青山のいう小峰は天才であるという価値基準を完全に認めたわけではないはずなのに、それを了承した前提ですべてが進行していくので、そうなると、自分自身に対する幻想のようなものが急速に薄まっていく心細さがあった。

芸術というものは、何の成果も得ていない誰かが中途半端《ちゅうとはんぱ》な存在を正当化するための隠《かく》れ蓑《みの》などではなく、選ばれた者にだけ与えられる特権のようなものだという残酷な認識を植えつけられた。

もちろん、劇団を主宰する人間としてすべてを鵜呑《うの》みにするわけにはいかない。だが、自分は「小峰」という名を聞いただけで言い知れぬ焦燥を感じてしまう。このままでいいわけがない。

小峰のように、いや少なくとも自分は小峰よりも自由でなくてはいけない。小峰よりも荷物を少なく身軽にしておかなくてはいけない。

たとえみっともなくても、余裕など捨てて、小峰よりも時間を掛けて、演劇に喰らいつかなければならない。そこまで、剝《む》き出しの姿勢は沙希の前では見せたことがないし、見せられるものではなかった。

「仕事のためなら仕方ないね。永くんが頑張れるように応援するよ。さみしくなるぜ」と沙希は言った。

「会われへんようになるわけちゃうから」と僕は笑った。

家具や本はそのまま置いといて欲しいと沙希は言った。部屋の雰囲気が変わってしまうことを恐れたのだと思う。

僕は高円寺のアパートに布団だけを持ち込み暮らすようになった。風呂《ふろ》はなく便所は共同、窓からは陽が一切入らなかった。夜中に便所に行こうとすると、なかから腕に包帯を巻いた無表情な男が出てきた。男は僕を見て、「変わったんだ」という言葉だけを残し、部屋に入っていった。部屋は全部で三部屋あり、僕が真ん中で男がトイレに近い部屋。もう一つの部屋には誰も住んでいなかった。

壁が薄く表の喧騒《けんそう》は聞こえてくるけれど、隣の男が生活する音は何も聞こえなかった。奇妙な環境に違いないのに、僕はなぜか健やかさを感じていた。沙希との生活以外に、もう一つ居場所ができたことによって感じる安堵《あんど》のようなものがあった。だとすれば、自分はなんと身勝手な生きものなのだろうと思ったが、もともと自分はそういう人間だったことを思い出して、沙希が不憫《ふびん》に思えた。

書く仕事が増えていくにつれて、青山と連絡を取る機会も増えた。たまに青山に呼び出され、演劇関係者や出版関係者が集まる飲み会にも参加するようになった。不慣れな場所に馴染《なじ》もうと薄ら笑いを浮かべていたが、結局は溶け込めないまま毒にも薬にもならない人物として、会が終わるまでただそこに居るだけの存在でしかなかった。青山が手際良くその場にいる人達を褒め、相手の自尊心を満たしながら上手《うま》く立ちまわっているのを見ていると、自分ではない誰かの意志で洋服も思想も変えられてしまう着せ替え人形のようにも見えて恥ずかしくなった。

その日も酒を飲んだ帰りに沙希の顔を見たくなり、渋谷から下北沢まで歩いてみることにした。道玄坂を上っていくと両側の光が滲《にじ》み、街の音は耳の奥でこもるようになった。坂を上がりきる直前で警察官に呼びとめられた。僕は警察官とできるだけ長く話そうとしたが、どこに住んでいるのかを聞かれ、財布とポケットを確認されると、「呼びとめてすみません。お気をつけて」と笑顔で解放された。夜の街に一人で放り出された心細さだけが残った。

神泉《しんせん》の交差点に差し掛かったところで、車のクラクションが鳴り響き、音に反応して振り返る所作の鈍さと大きさで自分が酔っていることがわかった。Tシャツでは少し肌寒かった。これから夏が始まろうとしているのか秋が始まろうとしているのか思い出そうとしてみたけど、どちらでも良いような気がしたので構わず歩いた。

ようやく北沢川が見えたので、そのそばに座り込んでみたら、いつもの習慣で思わず泣きそうになったが、ゆっくりと息を吐いたら自制できた。すべての行為を誰かに監視されているようだ。自意識過剰などという言葉があるせいで、自分が感じるあらゆる感覚や感情は真実ではなく、自分の弱さによって増幅させられているのだと思わなければいけなかった。ある感覚をないことにするのは理屈上では簡単だけど、あくまでもそれは自分で理屈に負けてやっているだけの話で、負けを認めたからといっても、そのなかったことが引き連れている苦しみなり痛みなりが消滅するわけではなかった。本当はある負債のようなゴミのような、それでも懐《なつ》かしいような感覚は自分で抱え続けるか処理しなければならないらしい。

沙希の家のドアを静かに開ける。狭い玄関で靴を脱ぎ、なかに進んでいくとカーテンの隙間《すきま》から街燈《がいとう》の灯りが洩れている。「こんばんは」と挨拶《あいさつ》するが応答はない。目が慣れてくると沙希の寝顔が浮かび上がってくる。へそを出して眠っている。

「風邪ひくで」

と声を掛けた時に、これから季節が秋になることを思い出した。海にも花火大会にも行けなかった。沙希とどこにも出掛けなかったから怒っているかもしれない。もう二度と戻ってこない季節のことを思うと、取り返しのつかないことをしてしまったような後ろめたさがあった。

部屋の電気を消したまま沙希の肩を揺らしてみる。

「おーい、起きて！」

沙希は寝がえりをうつように一旦《いったん》窓側に全身を向け、少しすると反動をつけてこちらに向き直ったが、眼は穏やかに閉じたままだった。

「こんな時間までどこに行ってたの？」

沙希の少し鼻にかかった声は優しい。

「わからん」

「また沢山飲んだの。楽しい？」

「わからん」

「誰と飲んでたの？」

「知らんやつ」

そう言うと沙希は目を閉じたまま少し笑った。

「もう疲れるから、行かない方がいいよ」

その通りかもしれない。

「疲れたでしょ？　梨《なし》買ってあるよ」

沙希は目を閉じたまま寝言のように囁《ささや》く。

「なぁ」

「うん？」

「ここは安全か？」

沙希の眉毛《まゆげ》が少しあがり上下のまぶたがゆっくりと離れる。薄く開いた目で様子を窺《うかが》うように僕の眼を見ている。

「ここは安全なん？」

「ここが一番安全です」

「そうか」

「梨があるところが一番安全です」

「ここか？」

「そうです」

自分の呼吸が耳の奥で響く。沙希の身体をまたいだ瞬間、沙希は「う」と声をあげる。窓と沙希の間に倒れ込んだ。動けないほど狭い空間に身体を押しこむと落ち着いた。わざと音が聞こえるように呼吸する。沙希はまた目を閉じている。僕はなににおびえているのだろう。

「なぁ」

「ん」

「寝た？」

「起きてるよ」

「手つないでって言うたら明日も覚えてる？」

「うん？　どういうこと？」

「明日、忘れてくれてんねやったら手つなぎたいと思って」

「手をつなぐことを恥ずかしいと思ってる人、永くんだけだよ」

沙希の手はとても温かかった。

彼女が目を開ける。

「永くん、なんで不思議そうにしてんの？　自分がつなぎたいって言ったんでしょ？」

「まだ迷っててんけど」

僕がそう言うと沙希は笑いながら、「本当によく生きて来れたよね」と言った。

沙希が笑うと安心する。笑っていないと怒られているような気さえする。なにかから沙希を守ってやれないことに自分はおびえているのだと思っていたけど、守られていたのは僕の方だった。

沙希は相変わらず昼間は服飾の店で接客にはげみ、夜は居酒屋で働いていた。昼間の沙希の勤め先が原宿から代官山に移り、店を一人でまわすようになったので遊びに来るようにと誘われた。

店に入ると、広い空間を最大限に生かし数えるほどしか洋服は並べていなかった。

「服全部売れてもうたん？」

「違うよ。こういう並べ方なんだよ」

「このスペースに布団《ふとん》敷いたら住めるやん」

「広いよね」

値札を確認すると、とても買えるような価格ではなかった。

「めっちゃ高いな」

「そうだよ。本当は店の服買って着なきゃいけないんだけど3割引きにしかならないから無理だよね」

沙希は黒髪を頭頂でまとめて、デニム素材のワンピースにカーキのショールを合わせていた。

店内に流れている音楽はガラスが割れる音や枯れ葉を踏む音が永遠に繰り返される前衛的なものだった。

「この音楽めっちゃ面白いねんけど、これ作ったやつ笑いながら作ったんかな？」

「多分、真っ黒なシャツを着てヒゲを生やした外国人が眉間《みけん》に皺《しわ》を寄せてね、悩みながら作ったと思うよ」

「ほんま?」

「多分そうだよ、永くんみたいな感じ」

「えっ、俺そんな感じ?」

「そうだよ」

「才能ない奴《やつ》があるふりする時の感じやん?」

「永くんはスーパー才能あるでしょ?」

「あんの?」

「あるよ! だって、わたし永くんが言ってること全然わかんないもん!」

「そっか」

「わたしがわからないってすごいよ。わたし、友達に賢いって言われるからね」

「そうなんや」

「永くんのおかげだよ、永くんが言ってたことを友達に自分で考えたことみたいに話すの。そしたらね、『沙希さんなんか違う』みたいになってきたんだよ。わかる人も偉いよね?」

なんの疑問も持たずにこんなことを平気で言えてしまうから時々怖くなる。

「沙希ちゃん、それ、アホのサンプルみたいな発言やで」

「そうそう、そういうやつ！　明日絶対使うね！　それ、アホのサンプルみたいな発言やで」

沙希は僕の口調を真似《まね》するのだが、表情まで似せてしまっているのがより愚かさを際立たせた。

「意味わからんと使って大丈夫なん？」

「大丈夫だよ、『ただの固定観念と先入観やん』と『わかる？』っていうのが、最近のわたしの口癖だからね」

どちらも僕が日常的によく使ってしまっていた言葉だった。

「わかる？」というのは沙希が僕の話を理解していないと思うから、少し話すたびに「わかる？」と確認するのが癖になってしまったものだった。我ながら高慢だと反省したが、その侮《あなど》っていた彼女自身が周りの人に「わかる？」と言っていると思うとおかしかった。

「ここ、ＣＤだったら流せるよ」

僕はウォークマンを持ち歩いていたので、専用のケースに気に入ったＣＤを常に何枚か携帯していた。

「ほな、これかけて」

「おっ、いいね」

いつのまにか僕達の音楽の趣味はほとんど同じになっていた。窓からは夕焼けが見えた。たまに、本当にたまに体調が良くて気持ちも安定している時に、すべて上手くいくのではないかと思える瞬間があった。それは必ず沙希が楽しそうにしている時だった。誰も客がいないことをいいことに、途中から通りにまで聴こえるほどの爆音で音楽を流し、閉店までの時間を過ごした。

帰りは代官山から下北沢までの長い距離を二人で一緒に歩いた。僕も沙希もポケットに両手を突っ込んで、似たような姿勢で歩いていた。

カーテンを足の指でつまみ、陽が入る隙間を埋めようとしたが上手くいかなかった。努力して眠るのも変だと思い、起きることにした。仕事が休みだったのか珍しく沙希も隣でまだ眠っている。今日は何曜日だろうか、曜日の感覚がわからない暮らしになってから長い。

「沙希ちゃん、火事やで」

そう言うと沙希はすぐに目を覚ました。

「火事じゃないじゃん」

ベッドの上で半身を起こした沙希は前方の本棚を黙って見つめている。

「なぁ、朝飯食べよう。お腹《なか》すいてる寝顔やったで」

「自分がお腹すいただけでしょ？　コンビニ行ってなんか買ってこようか？」

起きてすぐに動き出せる人を尊敬する。

「味噌汁《みそしる》買ってきて？」

「味噌汁だったらすぐに作れるよ」

「しんどくない？」

「どっちみちしんどいから大丈夫だよ」

沙希が立ちあがったので、僕も転がりながらベッドから降りた。ソファーに座って昨日買った雑誌をリュックから取り出す。小峰がインタビューに答えていると青山から聞いた。

「豆腐ないから買ってくる。飲みものなにがいい？」

大きめのパーカーに袖《そで》を通しながら沙希が言った。

「冷たいコーヒー！」と僕は答えた。

「味噌汁と合わないと思うけどわかったよ」

たしかに合わないだろうけれど、合うものを考えるのが面倒だった。

沙希が出ていったあと、手にした雑誌を開くかどうか躊躇《ちゅうちょ》した。飲んだ帰りに立ち寄ったコンビニでこの雑誌が目に入り、青山が言っていたものだとわかると気になり思わず買ってしまった。こんな焦燥に襲われるくらいなら買わなければよかった。そう思いはしても捨てるわけにもいかないので、おそるおそるページをめくってみると、長髪をうしろで束ね、無精髭《ぶしょうひげ》をはやした小峰が大きく掲載されていた。特徴のある切れ長の目で刺すようにこちらを見据えている。

インタビューをじっくり読む気にはなれず、飛ばし読みしながら「朝食はパン派ですね」というような面白くない単語が目立つ部分だけを拾って読んだ。それでも「音というのは人によって全く違うものとして伝わる可能性があるから、初めからその前提で音をつけています」などと方法論を語っている箇所が目に入り、思わずどういうことだろう？　と考えてしまいそうな自分を制し、「うるせえよ」と罵《ののし》りながら後半はほとんど文字が読めないように寄り眼で読んだ。

たいしたことは言ってなかったと安心して雑誌を閉じたが、息を吸うと肺が縮まったような後ろめたさを感じて、結局は初めから読み返した。

軽やかだなと思った。

「演劇を研究してるオジサンとかに頼んでもないのに叱《しか》られたりするんですけど、俺は圧倒的なものにしか興味ないから、間違い探しはオジサンに任せます」と言ったかと思うと、「やっぱり怒られるの面倒臭いからな、でも悪いとこ直すんじゃなくて超越してみます（笑）」などと言って、悪意を持って記事を読む者を煙《けむ》に巻く軽妙さがあった。

侮られる要素を存分に見せながらも、「先鋭的な表現が見ている人に先鋭的と思われていること自体が既に古いと考え始めてもいい」「玄人《くろうと》受けって、結局は時代を変えられない敗者の言い訳でしょ」などと本音の部分で重たい一言を置く。あげ足が取りにくい。批判するとこちらが惨めになるような仕掛けが言葉のなかに含まれていて、迂闊《うかつ》に攻め込めない。一見無邪気《むじゃき》に話すのでインタビュアーにも受けがいいだろう。

「おう」と思わず声が出てしまった。

嫉妬《しっと》という感情は何のために人間に備わっているのだろう。なにかしらの自己防衛として機能することがあるのだろうか。嫉妬によって焦燥に駆られた人間の活発な行動を促すためだろうか、それなら人生のほとんどのことは思い通りにならないのだから、その感情が嫉妬ではなく諦観《ていかん》のようなものであったなら人生はもっと有意義なものになるのではないか。自分の持っていないものを欲しがったり、自分よりも能力の高い人間を妬《ねた》む精神の対処に追われて、似たような境遇の者で集まり、嫉妬する対象をこき下ろし世間の評価がまるでそうであるように錯覚させようと試みたり、自分に嘘《うそ》をついて感覚を麻痺《まひ》させたところで、本人の成長というものは期待できない。他人の失敗や不幸を願う、その癖、そいつが本当に駄目になりそうだったら同類として迎え入れる。その時は自分が優しい人間なんだと信じこもうとしたりする。この汚い感情はなんのためにあるのだ。人生に期待するのはいい加減やめたらどうだ。自分の行いによってのみ前向きな変化の可能性があるという健やかさで生きていけないものか。この嫉妬という機能を外してもらえないだろうか。と考えて、すぐに無理だと思う。

アパートの階段を弾むように昇る足音で沙希だとわかる。ドアが開き、「ただいま」という声が聞こえると部屋の空気が変化する。ずいぶん髪がのびたと思った。出会った頃は何色か混ざった不思議な色をしていたが、黒に染めなおしてからは、それに合わせて服も以前より落ち着いたものを身につけるようになった。

原稿料で洋服をプレゼントすると僕が言うと、「永くんが仕事で稼いだお金は自分で使わなきゃダメだよ」とかわされる。収入がなかった時は沙希の性格に救われもしたが、決して金銭に余裕がある状態ではないにしろ、相手から与えられる一方だと気が滅入《めい》るので、今更ながらこちらからもなにかを与えようとするのだが、必ず固辞《こじ》された。僕の場合、与えるということは「欲求」であって「優しさ」なんかではないのかもしれない。こんなことを考えている時点で下品だなと思う。小峰の記事を読んだせいで胸のあたりが重かった。

沙希がなにかを切っている音がキッチンから聞こえる。

「もう少しでできるよ」

沙希は料理を仕上げるのが速い。

「はい、お味噌汁」

テーブルの上に置かれたお椀《わん》から湯気が立っている。それを両手で持ち上げて少し飲んだ。

「インタビューってな、相手機嫌悪かったら難しいねん」

「そうなんだね。気になるのあったの？」

「いや」

床に置いてあった雑誌を沙希が何気なく拾い、読み始めた。

味噌汁を飲むと身体が温まって気持ちが落ち着いた。おはしでワカメと豆腐を一気に挟む。

「あっ、小峰さんだ」

沙希が声をあげた。

「えっ、知ってんの？」

「居酒屋に来るお客さんだよ」

「そうなん？」

「前に言わなかったっけ？　演劇やってる人が一人バイトしてるって」

「言うてたっけ」

「言ったよ。もし永くんのお仕事関係の人だったらと思って。永くん酔ってたのかな？『そんなん、いっぱいおるからな』って関心なさそうだったよ」

沙希が小峰のことを知っていたからといって、だからなんだ、そんなことはいくらでもあり得ることだと思おうとしたが、動悸《どうき》が激しくなり神経が昂《たか》ぶっているのが自分でわかった。

沙希と同じバイト先で演劇をやっているというのは『まだ死んでないよ』で古くから活動している田所という劇団員だった。

「永田さんの彼女って、下北沢の居酒屋で働いてるんですよね？」

向かい合って座っている青山が珈琲《コーヒー》を飲みながら言った。

「ああ、うん」と僕は答えた。

「『あだぷた』ですよね？」

「うん」

「言ってくださいよ！　沙希ちゃんでしょ？　私達よくあの店で飲むんですよ」

「そうなんや」

「すごい良い子ですよね。田所さん一瞬で振られたって言ってましたもん。いつから付き合ってるんですか？」

「いつやろ、結構前から」

「へー、そうなんだ」

青山はなにが面白いのか楽しそうに一人で笑っている。

「沙希ちゃんにね、彼氏がいるっていうのは聞いてて、沙希ちゃんがすごい彼氏のこと褒めるんですけど、みんなで具体的に話を聞いていくと『最低じゃねえかよ』ってなって、それが永田さんだったっていうのがおかしくって」

青山は面白くて仕方がない様子で、声を出して笑いそうになるのを腰を曲げることで懸命にこらえていた。

「デートの時にコンビニで高菜おにぎり買って食べたって本当ですか？」

「うん」

「えっ、なんで？　マジでウケるんですけど」

腹が減ったから、食べただけだ。そんなに笑い続けるような話題でもない。

「でも、なんで沙希ちゃん、彼氏が演劇やってるって言わなかったんだろ」

そう言われてみればそうだと思ったが、沙希が服飾の学校に通っていた時から、知り合いに自分のことを話されるのを僕が嫌っていたからだと思う。もしかすると僕が誰かに馬鹿《ばか》にされるのを沙希自身も恐れていたのかもしれない。自分のいない所で話されることなんて悪口に決まっているのだから想像しただけで苦しくなる。

「なんでそうなるかわからないよ」

そう言った沙希の顔が電源を切ったテレビの画面に暗く映っている。青山から聞いた話を沙希に話しているうちに怒りが抑えきれなくなり不満が口から溢《あふ》れだしたが、なにに怒っているのか自分でも今ひとつわからなかったので、「自分で考えてみろ」と同じ言葉を繰り返したり、長い間黙ったり、とにかく僕は自分でも驚くほど冷静さを欠いていた。

「わたしが永くんを馬鹿にするわけないよ」

「自分がそう思ってても、たとえ悪意がなくても人を傷つけることもあんねん。その了解の範囲がお前は狭いねん」

「なんで、絶対馬鹿になんてしてないよ。一番すごいってわかってるから」

沙希は切実に訴えてくるから、余計に惨めになる。一番すごい？　そんなわけがない。その言葉が僕に重くのし掛かる。ではなんと言ってもらえたら満足したのだろう。心から安心するのだろう。沙希の前でしか見せない脆弱《ぜいじゃく》な性根が剝き出しになった時、自分ではもう手に負えなくて、沙希に任せるしかないのだけれど、これはもう無理じゃないかなと思う。

自分の悪い所なんていくらでも言える。才能のないことを受け入れればいい。嫉妬している対象の力に正々堂々とおびえればいい。理屈ではわかっているけれど自分では踏みきれない。人に好かれたいと願うことや、誰かに認められたいという平凡な欲求さえも僕の身の丈にはあっていないのだろうか。世界のすべてに否定されるなら、すべてを憎むことができる。それは僕の特技でもあった。沙希の存在のせいで僕は世界のすべてを呪《のろ》う方法を失った。沙希が破れ目になったのだ。だからだ。

「お前のせいやろ」

「えっ」

沙希は深刻そうに溜息《ためいき》をついた。

「わかんないよ、なんでだろう。ちょっと待ってね、考えるね、待ってね」

そう言って、沙希は鼻を啜《すす》りはじめた。

「待ってね、待ってね」

部屋の空気が乾ききっていて息を吸うたびに身体の中のどこかが痛んだ。落としどころのない愚かさだ。愚かさが堆積《たいせき》して身動きが取れないのに、視界はとても透き通っていて、いつまで経《た》っても時間は進行せず終わりのない夜が続いた。

僕は下北沢の沙希の家にほとんど行かなくなった。高円寺のアパートにこもり、一人で演劇と向き合った。彫刻を削るように無駄を排除して言葉を整え、一秒一秒の見せ方さえも限界まで可能性を探った。こんなにも演劇と密接な関係が築けた日々はなかったように思う。演劇によって自分は苦しんでいるように感じていたが、この時期は演劇がもたらす苦しみによって生きていることを強く感じることができた。

僕は期待することをやめた。誰からも愛され、誰からも認められるなどというのは万人に付与された絶対的な権利ではなく、選ばれた者だけに与えられるものだと割り切ることにした。自分に与えられた権利は自ら行動できるという一点のみだ。自分の表現を自由に追求できることこそが僕の人生に与えられた価値であると信じてみることにした。

到底納得できるものではなくても現状を受け入れることで心を安定させた。野原が音響や照明、映像の技術を学び、実践的に僕を助けてくれたことも大きかった。定期的に行っている舞台が飛躍的に規模を拡大するようなことはなかったし、慢性的な息苦しさに絶えずつきまとわれてはいたけれど、自分の意志が及ぶ血液が循環した体で足掻《あが》けているという実感があった。

夜通し脚本を書き、仮眠を少しとって再び机に向かう。それを何度も繰り返していると時間の感覚が乏しくなった。昨晩買ったパックの麦茶は何時間も前になくなっていた。作業を止めたくない気持ちもあったが、飲み物を買いに行くことを理由に散歩をするのもいいかもしれないと思った。薄手のモッズコートをはおって外に出ると、夕暮れだった。

駅前から続く商店街に学校帰りの学生や買い物に来た人々が流れてくる。僕は自動販売機で買った缶珈琲を飲みながら、しばらくその風景を眺めていた。この街は誰のことも弾《はじ》かないから安心できた。道の隅っこにスウェットの上から毛皮のコートをはおり、一升瓶を大事に抱え一点を見すえたまま動かない中年男性がいた。

そこにライダースを着た緑の髪の女が通った。中年が突然、「おいっ」と女に声を掛け、飲みかけの一升瓶を挑発的に差し出した。緑の髪をした女は、気だるい表情のまま一升瓶を片手で奪うと一気にラッパ飲みした。

しばらく中年はそれを黙って見ていたが、緑の髪の女がなかなか飲み終わらないので、不安になったのか返して欲しそうに一升瓶に手を伸ばしたが、女は意地になっているらしく、飲み終わっても酒を放そうとせず、そのまま二人は僕が立っている方に流れてきた。

さらに向こうからは、夕焼けを背負って自転車を押す母親と、そのそばを歩く赤いほほが印象的な少年がやって来た。

少年は母親を見上げて嬉《うれ》しそうになにかをつぶやきランドセルを自転車の前カゴに入れると、突然真剣な表情を浮かべて重心を落とし、空手の型を母親に披露しながらゆっくりと前に進んだ。商店街を歩く人達は少年に気がつくと道をあけて進路をゆずった。少年を追い抜かそうとする者もいなかった。

僕のそばで、まだ中年と小競《こぜ》り合《あ》いを続けていた緑の髪の女の背中を肘《ひじ》で軽く押すと、こちらを振り返った女は、一瞬攻撃的な視線で睨《にら》みつけてきたが、僕が少年の方に目をやると、女も少年の存在に気づいたのか中年に酒瓶を返し、少年に微笑《ほほえ》みかけながら道をゆずった。一升瓶を改めて胸に抱えた中年が「お兄ちゃん、かっこいいね」と少年に言葉を掛けた。

母親は恥ずかしそうな表情を浮かべながら、少年を少し後ろから見守っていた。その空間に少年の行く手を阻《はば》むものはなにひとつなかった。雑然と並ぶ商店街の建物も、そこに射《さ》す夕暮れの光も、複雑に交差する電線の隙間からのぞく空も、かすかに聴こえる電車の音も、そこに居合わせた人々も、少年が立てる微量の砂ぼこりも、中年が揺するたびに美しくきらめく一升瓶も、女の地毛と緑の毛の境目も、あらゆるものが有機的に結合し、この風景を完成させていた。

網膜に薄くかかった靄《もや》が晴れるような快感があった。こんな風景を作りたいと思った。それぞれの人間が日常を抱えたまま、おなじ展開を願ったことで、それを数秒後に実現させることができた。誰も疑わなかったのだ。

少年を五、六歩追いかけて歩いたが、思いなおしてとどまった。はたから見れば無感動な顔で呆《ほう》けているように見えたかもしれないが、心のうちは激情にかられていた。今のこの目で世界を見なくてはいけないと思った。こんな些《さ》細《さい》なことで感傷的になる自分をどうかと思いもするけれど、こんな瞬間に立ち会うために生きているのかもしれない。

沙希からはメールが定期的に入っていたが、沙希の前で自分の弱さを怒りという形で表明してしまったことに後から恥ずかしくなり、普通の状態では会うことができなかった。

それでも酒を飲んで気が大きくなった時だけ無性に会いたくなり、合鍵《あいかぎ》で部屋に入って何事もなかったかのようにベッドに潜り込んだ。寝返りをうった沙希のあごが自分の胸に収まると、これが本来のあるべき形だと思ったが、朝方になると酔いがさめて恐ろしくなり、一人で後悔して、沙希が起きて動きはじめると、ずっと窓の方を向いて動かず眠ったふりをしてしまう自分が情けなかった。

そんなことを繰り返し、まともに沙希と話していない日々が続いたあと、やはり酔って沙希の家に行きベッドに潜り込むと、

「わたし、お人形さんじゃないよ」

と沙希が目を閉じたままつぶやいた。

それまで沙希の口から聞いたことのないような冷たい声だった。

それ以降、夜中に沙希に会いに行くと家を空けていることがたまにあった。家に居

ても彼女自身が酒に酔っていることが多くなった。

古本屋に通うことを日課としていた時期が長かったが、以前よりも少しだけ収入が増えてからは大型書店で本を買うことが多くなった。いつもなら目当ての作家の新刊を求めるか、あるいは適当に棚を見ながら気になったものを手に取り、数ページ読んで買うかどうかを決めた。

だが、この日は最初から買う本を決めていた。青山が小説を書いたのだ。一通り棚を見たあと、青山が書いた小説を探して歩いた。新刊が平積みされている一角にはなく、作家ごと五十音順に並べられた「あ」の棚にそれはあった。

『腫《は》れも、毛も、穢《けが》れて』青山コオロギ。

なぜ、そんな名前にしてしまったのかというのが率直な感想だった。ペンネームもタイトルもトリッキー過ぎて、天才的な才能を持っていて尚《なお》かつ爆発的に売れないと成立しない。自爆したなという残酷な感情よりも、心配が先に来たことが自分でも不思議だった。

最初のページを開く。妙な緊張感があった。一行目に目を通すと面白そうな予感があったので慌《あわ》てて本を閉じた。すぐに購入し、怖いものを読むような気持ちで、半日掛けてゆっくり読んだ。面白かったら心から祝福しようと決めていた。

沙希が、『まだ死んでないよ』の舞台を青山と一緒に観《み》に行ったと聞いたのは、青山の本が出版された少し後のことだったから、これは青山なりの僕に対する復讐《ふくしゅう》なのだと思った。小説の感想を言わなかったから機嫌を損ねたのだろう。青山は僕がなにをされると腹を立てるのかをよく知っているのだ。

その行為になにも感じなかったというと嘘になるが、それでも、この頃の僕は演劇との距離を近くに感じていたから誰かを羨《うらや》んだり嫉妬したりする心境ではなかった。ただ、誰かを傷つけたいとする青山の悪意を見過ごすわけにはいかなかったし、そんな悪意にまんまと利用されている沙希のことを愚かだと思った。

酔っていない状況で沙希に会うのは久しぶりだった。部屋に入った時から沙希には切迫した緊張感が漂っていたし、僕に笑顔を一切見せなかった。青山よりも沙希の方が僕の性格を知っているのはあたり前のことで、だから青山の考えだけではなく、そこに沙希の意志が反映されていたとしても不思議ではなかった。むしろ当然のことだったのかもしれない。

「舞台観に行ったらしいやん」

「行ったよ」

表情を強《こわ》ばらせ、好戦的な口調だった。

「へー、俺のは観にこうへんのに」

「いつも来なくていいって言うでしょ。でも何回かは黙って行ってたよ」

声が震えていた。

「わたしだって、お芝居とか観たいよ」

沙希はもともと舞台をやりたくて東京に来たということを思い出した。

「でもな、青山と一緒にその劇団観に行かれんの俺が嫌かなとか思わんかった？」

「なんで？　おかしいよ。お芝居観に行っただけでしょ？」

「お芝居観に行っただけの言い方になってないで」

「観に行っただけだよ！」

「そんなアホやったっけ？」

「アホじゃないよ。永くんはいつもそうやって、わたしのこと馬鹿にしてさ」

「してないよ。確認やん」

「してるよ！」

沙希の表情が怒りで崩れれば崩れるほど、沙希の笑顔を思い浮かべることが容易にできた。

「永くん、わたしが他の人のお芝居褒めたりしたら嫌な気持ちになるでしょ？」

「ならんわ」

「なるよ！　クリント・イーストウッド褒めても機嫌悪くなったんだよ！」

それは嘘だと思ったが、沙希の勢いは収まらなかった。

「だからわたしだって、ずっと気を使ってたんだよ。気づいてないと思うけど、永くんって、わたしのこと褒めてくれたこと一度もないんだよ！」

そうだっただろうか。それは自分でも意外だったが、おそらくそうなのだろう。

「それなのにさ、野原くんのこととか青山さんのことは、センスいいとか褒めてさ。わかる？」

沙希は目に涙を溜めてそう言った。

青山のことを褒めていたというのも意外だったが、そうなのだろう。でも実際は全然違うということを、僕はわかっていて、沙希はわかっていない。

「だから、芝居くらい観に行ってもいいでしょ別に」

「おもろなかったやろ？」

「すっごい、おもしろかったよ！」

沙希が大きな声を出すと隣の住人が壁を叩《たた》いたので、僕は思わずスピーカーを壁に投げつけてしまった。その静けさに自分で動揺してしまったことが恥ずかしくて、もう一度「殺したろか」と叫びながら壁にもう一つのスピーカーを投げつけたら、沙希が「ごまかさないでよ」と言ったので余計に恥ずかしくなった。

「永くんおかしいよ」

「そんなん最初からやん」

「わたしもうすぐ二十七歳になるんだよ」

出会ってから、長い月日がたったのだなと思った。

「地元の友達はみんな結婚してさ。わたしだけだよ、こんなの。次は一緒に住めるかなとか思って頑張ってたけど、一人で住んじゃうしさ。適当に遊んでてもいいよ、でもここに帰って来るから許せてたんだよ。もう、なに考えてるかわかんないよ」

言葉を返す気になれなくて、沙希の言葉を音楽みたいに聞いていたら沙希のことが可哀想《かわいそう》に思えてつらかったけれど、原因が自分だったと思い出して、ようやく自分が怒られているんだと気づいたけれど、今さら謝ることができなかった。

沙希はもう顔をぐしゃぐしゃにして、赤ちゃんみたいな声をあげて泣き叫んだが、隣の住人は音も立てず静かにしていた。

青山のことが許せずに、怒りを一人で持てあましていた。

窮屈な部屋の天井からぶら下がった裸電球は、真下を微《かす》かに照らすだけで本棚に並べられた背表紙の文字を一つも読ませなかった。学生演劇の書き割りのようだと思ったが、むしろ現代を舞台にした演劇でこのセットだとリアリティがないのかもしれない。正面のちゃぶ台に置いた携帯電話だけが現代的な艶《つや》を持って主張している。迷っていても仕方がないので、青山に対する感情を携帯に打ち込んだ。

『彼女のこと連れ回さんといて』

というメールを送った。

『急にどうしたんですか？』

という返信がすぐにあった。

『俺への当てつけで芝居に連れていったやろ？』

『えっ？　完全にいいがかりなんですけど、っていうか彼氏だとしても、そんなことまで干渉する権利はないんじゃないですか』

『お前が決めることとちゃうから。ケンカなったし』

『それが原因じゃないでしょ。沙希ちゃんは自立した一人の人間ですから所有しているみたいな考え方はやめた方がいいですよ』

『「所有しているみたいな考え方」はしてない』

『してます。永田さんは昔から人のことを自分の都合のいいように扱い過ぎです』

『役者がいなければ演劇は成立しないという前提の上で、演劇のためなら都合のいいように扱われればいいとは思ってるけど、演劇のためなら俺を都合のいいように扱えばいいとも思ってる。自分の都合で要求してるんじゃなくて、演劇のために要求してるだけ。もちろん俺より考えてる役者がいるなら、その役者に主張する権利があるのは当然』

『そんな格好良いもんじゃないよ』

格好良いことなど言ったつもりはないが、僕達は常に格好良いことを言わないように気をつけて、信じてもいないことを言い続けなければならないのだろうか。

『お前とケンカするつもりはない。沙希を疲れさせたくないだけ。だから邪魔すんな』

『お前が自分で好き勝手やって追いこんでんだろ。自分のせいをを正当化すんな!』

威勢のいい返信があったが、自分が正当であるかどうかに興味はない。

『面倒やから、あいだを端折《はしょ》るけど、お前を弄《もてあそ》んだ男達と俺とを混同すんな。お前と関係を持った男達はお前の軽めのセンスに触れながら、少し遊びたかっただけ。戸田もそう。お前は面倒やから少しでええねん。そいつらのお前に対する気持ちと、俺が沙希と今後も続く関係性を作っていこうとする気持ちとは全くの別物やから』

青山からの返信を待つのが億劫《おっくう》なので続けて打つ。

『お前から逃げていった男達をパターン化して、それで世界を捉《とら》えようとしてもずれこむぞ。お前が吸引する類《たぐい》の少しだけセンスを感じさせる（一部の限られた空間のみで評価される）男達というのは、お前からのお土産を持って次に移行したいだけの奴らやから。なぜならお前がそういうタイプの人間やから。自分と心中覚悟できへん女に男も真剣にならへんよ。お前もそうやろ？』

僕はさらに続けて打った。

『これは予言やけど、お前に合うのは、元々はクリエイターやったけど、どこかのタイミングで作ることを止《や》めて、でも未練があって完全に撤退することはできずに、その界隈《かいわい》をうろついている類の、お前よりも才能が少しだけ劣って、お前の理屈を受け入れてくれる臆病者《おくびょうもの》やと思うから、お前がちょっとだけ侮れるような奴やろな。そんな奴近くにいてるか？』

返事がないことに少しだけ不安を感じるが構わずに打つ。

『そもそも、お前と沙希を同じ次元で捉えるな。お前は、俺に対して「昔から人のことを……」という表現を使った。お前の思考には人間が変化するという当然の摂理が抜け落ちている。同時に自分と他者が同じであるという間違いを信じきっている。定点でしか物事を見ることができない。それがお前の一番の欠点や。あらゆるものは動いている。人は変わる。全《すべ》ての理屈は「状況による」という条件付きのもとでしか成立せえへんねん。いつも、どんな話題でも最終的にお前が主張するのは「私の権利を認めよ」という一点に帰結する。自分の書いたものを読み返してみろ。その「私」が「世界」とイコールになっていないのもお前の浅い部分。お前は結局、自分と似たものしか許さない。吐き気がするね。お前が主張する権利は認められるべきものやとは俺も思う。ただ、それも条件付きで。お前の話を全部鵜呑《うの》みにしようとすると、例えば自分の母親の人生にはなんの意味もなかったかのような錯覚に陥る。父の言いなりで、子供の言いなりで、自分のやりたかったことは？　と聞かれたときになにも答えることができない無力さという意味で。ただし、人間には依存するという権利もあることを忘れるな。お前が、西洋の差別的文化へのカウンターで生まれた思想を簡単に受け入れることができてしまうのは、お前が対人において、それに似た扱いを受けてきたからやと思う。だから、お前の言葉はカタカナばっかりやねん。お前自身が自分を守る思考を持つのは勝手やけど、それをほかの人間にも強引に当て嵌《は》めようとすんな。母のような人間は、お前の価値観に蹂躙《じゅうりん》されて、「全部間違ってました」と負い目を感じて生きていかなあかんのか？　そんなはずないやろ』

ここでいう母というのは、ほとんど沙希のことかも知れない。

『お前の鈍感さで誰かの人生を汚《けが》すな。お前は自分の大切な人生と、それに共感する人達と、その感覚を健やかに育てればいい。多くの人がお前と同じ考え方を持って幸せに暮らせているなら俺も祝福する。でも、今はまだ違うやろ？　いろんな価値観が混在してるやろ？　振り回すな馬鹿。勝手に広い大地に攻め込んでいって「キミらの信じてる神様はダコだよ。我々の神様を信じなさい」とか言うてる暴力的な輩《やから》と同じように見えんねん』

そうだ。青山の言葉を聞いていると自分の大切な、大事な人達が怒られているような感覚になるのだ。それが許せないのだ。

『権利は誰にでもあるけど、それにも条件がつく。たとえ優れた理屈であっても場所が変われば誰かを傷つけることもある。それを覚えとけ。これは、演出家から見たお前への駄目出しと思え』

何度かにわけて長いメールを打った。缶珈琲を飲むと少し落ち着いたが指先が小刻みに震えていた。その震えが興奮のためなのか怒りによるものなのかよくわからなかった。熱が冷めきらないうちに青山から返信がきた。

『そもそも、お前のことを演出家だなんて思ってねぇよ。狭い世界でさえも評価されていない勘違い野郎の駄目出しなんて不要。粗末な知識の雑な精神分析に縛《しば》られるつもりもない。もちろんすべての人に肯定されようとも思ってねぇよ。その決めつけ自体がお前の都合だろ。「勝手に広い大地に攻め込んでいって」って正気で言ってんの？　自己中な価値観で相手を縛りつけて苦しめてんのは、お前だろ。そういう奴に限って漏れなく自分では気づいてないんだよ。私はお前みたいなろくでなしから沙希ちゃんを守りたいから、忠告してやってんだろ。本当に大事に思ってんだったら、真剣に考えろ。さっきから気持ち良さそうに述べてる御託《ごたく》は彼女と出会った時から隠さずに言ってたか？「自分は偏《かたよ》った思想を持ってて、なにより仕事優先なので従ってもらいます。犠牲になってください。自分以外が作る演劇は絶対に観てはいけません」って宣言しながら近づいたのか？　そうじゃなかっただろ？　最初からそうしてくれてたら、お前みたいな面倒臭い甘ったれなんて誰も相手にしねぇんだよ。結局、お前は彼女を騙《だま》してんだよ』

一気に読んだ。缶珈琲を飲み干して返信を打とうとしたが、続けて青山からメールが届いた。

『お前、出会った頃と二人の空間作り上げてからのスタンスあきらかに変えてんだろ。人間なんだから好きになったら、お前みたいに狂ってる馬鹿が相手でも、なんとかしたいと思ってしまうこともあるんだよ。その彼女の優しさに寄りかかって、その状態を、はなから彼女が望んでたみたいな言い方してんじゃねぇよ。お前の母親を否定するつもりなんて微塵《みじん》もないよ。ただ誰もが、お前の母親じゃねぇんだよ。少なくとも沙希ちゃんがストレス感じてることくらい馬鹿でもわかんだろ？　お前みたいに呼吸してるだけで誰かを損なう馬鹿が偉そうにすんな、こっちが恥ずかしくなる』

『沙希に支えてもらったのは事実。ただ、なんで俺が騙して搾取《さくしゅ》したみたいな捉え方になってんねん？　最初は良い顔して近づいた？　都合良く事実を捻《ね》じ曲げて解釈してるのはお前やろ。誇ることではないけど、最初から俺はボロボロやった。ただ、沙希を自分の犠牲にしようとなんてまったく思ってない。なんでお前が俺達二人の関係に干渉してくんねん。あと言葉使い大丈夫か？　お前の心と一体化してるか？　バラバラに見えるぞ。自分の言葉で表現せぇよ、小説家』

『うるせぇ、なんにもできねぇクソが。なんでもかんでも自分の都合で条件付けて規定して、一人でキレてみっともないよ。もしかしてキレたりすること、まだ格好良いとか思ってんの？』

『お前に似つかわしくないから「クソ」とかいう汚い言葉は使わん方がええぞ。脱糞《だっぷん》してるようで見てられへんから。少しは格好つけろよ。俺は様式的に感情を出すことはない』

『自分の彼女に寄生するヒモの癖に偉そうにしてんじゃねえよ。お前なんてとっくに終わってんだよ』

『お前の小説読んだよ。次は頑張れ！』

青山からの返信がこなくなった。

この際だから、思っていることは全部吐きだした方がいいような気がした。

『お前の小説、半日かけて読んだぞ。本当のことがなにも書かれてなかったな。お前が若い頃から創作に携わっていたならこんなことにはならんかったと思うぞ。匂《にお》わすことと臭《にお》っていることとは根本的に違うからな。作る者へのコンプレックスを消滅させたいのなら、もっとやり方あったやろうに』

劇団員時代の青山のことを思い出すと、青山のことが少しだけ愛《いと》おしくなった。

『なんもわかんねぇ奴《やつ》が言うなって』

『民芸品店で売ってるオシャレな小さじ。お前の小説はそんな感じやった。持っててもいいけど、別になくて困るようなものでもない。誰かは好きそうやなと思うけど、実際に集めてる人に会ったことはない。お前を脅威と感じない誰かは適当に褒めてくれると思う。ただし、誰かにとって特別な作品になるような温度は皆無やったから、俺は全然好きじゃなかった』

『なんでもかんでも、情熱で片づけようとすんな。日常が残酷だから小説を読んでる時間くらいは読者に嫌なことを忘れてもらいたかったんだ』

青山が正直と感じさせる返信をくれたことが嬉しかった。来た来た来た来た、と思った。

『現実忘れるだけなら、寝てたらえーねん。ねぼけたこと抜かすな。創作ってもっと自分に近いもんちゃうんか。人のことなんてほんまは考えてられへんやろ？　人のことを考えてる自分のことを考えんねん。人のこと考えてるふりができてるってことはもっとやれるよ。すべては自分の才能のなさを隠すための言い訳。俺は見た奴が不愉快になる可能性も含んだ舞台、読んだ奴が憎悪《ぞうお》して激昂《げきこう》する自画像みたいな文章書くわ』

『お前には無理』

『やるよ。お前も転び方気にして子守唄《こもりうた》みたいなん作ってんと思いっきりやってみろ。がんばれ青山！』

『なに？　マジでキモいんだけど』

『生死をかけることを自ら放棄したようなお前の小説の佇《たたず》まいは残念ながらハーブティーの美味《おい》しいカフェの安っぽい壁紙と同じような感じやったぞ。オシャレな壁紙読んでる感覚。それ剝《は》がして中身見せてくれや』

『お前、頭おかしいよ』

この子供染《じ》みた汚物のような攻防がなにかを生み出すことはない。たとえ憎悪の対象だとはいえ、人が作ったものをこんな風に言ってしまう自分が恐ろしかった。怒りと憎しみで、すべてを燃やしてしまおうと汚い言葉を尽くしてみたが、全く燃えない塊りのようなものが残った。それ自体に特別な意味があるわけではない、ただのカスに過ぎない塊りがいつまでも腹の底に残った。携帯を置いて、少し落ち着いてくると返信なんかもう来ないで欲しいと思うようになり、自分が送った言葉が取り返しのつかないもののように思え、興奮と共に身体《からだ》もどんどん冷えていき、怒りもなくなってしまうと、消えない塊りが羞恥《しゅうち》と混ざりあって際立《きわだ》った。

翌日の朝、青山から送られてきた長文のメールは読まずに消して、近所のカフェの壁紙の写真を自分でもおびえながらメールで送ったら、それから返信はなかった。

夜中に沙希の家に行くと、当然のように酔っていた。それを咎《とが》めると、「居酒屋のバイトが終わったあとに、みんなで飲むから仕方がない」というようなことを素っ気なく言われた。自分のことを悪く言っている奴らと一緒に飲んでいることも腹立たしかったが、それ以上に『まだ死んでないよ』の劇団員がそこにいるということが気に障《さわ》った。

沙希にはその店を辞めてほしいとさえ思っていたが、とても言い出せる雰囲気ではなかった。それまでの勝手で横暴な振る舞いは沙希に許されていたからこそ通用していただけだった。沙希は僕の前で思いつめた表情を浮かべることが多くなった。僕は前にも増して彼女の前でふざけるようになった。嫌な予感が入りこむ隙間《すきま》を埋めたくて死に物狂いでふざけた。舞台で使用した変なお面を使うことさえも辞さなかった。僕は沙希を楽しませることよりも自分が愚かであることを証明したいという気持ちが強かったのかもしれない。

考えだすと不安の隙間が広がった。慌ててふざけようとするけれど、そこに青山に指摘された言葉や沙希に投げられた言葉が流れ込み、隙間は後戻りが出来ないまでに膨らんだ。膨張していくそれを、自分の力で止めることができないことが恐ろしく目をそらして放置しても気配を頭から散らすことができなかった。

ガスストーブの匂いが充満した部屋で沙希はなにも言わず床に座り、コインランドリーから持ち帰った洗濯物を丁寧にたたみなおしていた。僕は無言で窓辺のベッドに腰掛け、建物と建物の間に少しだけ見える夕暮れを眺め、太陽が建物の裏のどのあたりに沈んでいくのか見当をつけて時間を過ごしていた。時々、思い出したかのように部屋のなかへ視線を送ってみるが沙希と目が合うことはなかった。

窓の外の空が暗くなると反対に部屋のなかが明るくなった。沙希が居酒屋に出勤する時間が迫ってくる。

「陽が落ちるのが早いね」

会話の糸口が見つからなかった僕に沙希が言葉を掛けた。

「そうやな」

「あっという間だね」

沙希はたたみ終えた洗濯物に視線を落としたままそうつぶやいた。

「ずっと昼間でも怖いけどな」

精一杯明るい声を出そうとするが、長らく黙っていたので声が掠《かす》れてしまった。

「そうだね」

「ずっと昼間で人間の体だけ夜になるのと夜になるけど人間の体は昼間のままなんと、どっちがきついんかな？」

「複雑すぎてわかんないよ」

そう言って沙希は久しぶりに少しだけ笑った。

なんとなく、そうした方がいいような気がして僕が先に部屋を出た。沙希は明るい声で「いってらっしゃい」と僕に声を掛けた。

沙希の部屋を出たものの、なにも予定はなく、なんとはなしに近所を歩き緑道のベンチに座ってみた。辺りは暗いが、少しだけ春っぽい匂いがして吐きそうになった。バイトに向かう沙希がここを通るかもしれない。僕を見つけたらどう思うだろう。考え出すと落ち着かなくなって、慌てて立ち上がると逃げるように歩き出した。

住宅街をあてもなくふらふらと行ったり戻ったりしながら歩いていると、見覚えのある道に出た。羽根木公園の近くだった。公園に入ってみると大きな広場があった。

何人かが犬の散歩をしているなか、一人だけ狂ったように走っている少年がいた。散歩者達にとっては見慣れた光景なのか少年に干渉するものは誰一人おらず、犬さえも少年の熱量に圧倒されているようだった。暗闇《くらやみ》に浮かぶ少年の実像と残像を目で追いながら、自分ならもっと速く走ることができると考えた。その瞬間から無意味な感想と理解しながらも、あらためて、やっぱり自分の方が速く走れると思った。僕は少年の走りを眺めながら広場の芝を踏んだ。ふと、少年に話し掛けてみようと思った。少しずつ少年に近付き、「こんばんは」と声を掛けると、少年はさらに速度を上げて公園から出ていってしまった。その背中を見送ったあとも、僕は急に立ち止まることができずに、惰性でおずおずと何本かある街燈《がいとう》の一つまで歩いた。

灯りの真下に来ると汚れたコンバースが汚れたまま鮮明に映えた。さっさと高円寺のアパートにでも帰ればよかったのに未練のようなものに足を取られて、うろついたりするからこんなことになるのだ。初動を誤って道を踏み外すと取り返しがつかなくなることなんて、子供の頃から何度も経験していたし、その結果、こういうなんでもない風景を一人で何度も見てきたし、最初から期待なんてしてなかったし、慣れているから大丈夫だろうと自分に言い聞かせてみたが、わかっているだけのことなんて何の役にも立ちはしない。ただの負け惜しみ。「このパターンね」と識別することによって自分の心を支配しようと試みるけれど全然駄目だった。便所の灯りが一番強い。

外から沙希の部屋を見上げてみたが灯りはついていなかった。北沢川緑道の桜が満開になったことを口実にして会いに来たのだが、まだバイトが終わっていないようだった。数週間前に沙希から「大切な話がある」というメールが送られて来たが、返信せずにいたら、その数日後に「これからのこと」というメールが送られて来た。だが、それにも返信できず、今日になってしまった。

時間を潰《つぶ》すために緑道の桜並木まで一人で歩くと、夜になっても花見の客で賑《にぎ》わっていた。非現実的な風景を目の当《ま》たりにすると心細さが強調された。

人混みを抜けて下北沢の駅前へと続く裏道に入ると人がまばらになり静かになったが、いつまでも春っぽい匂いは鼻に残った。試しにスカジャンを嗅《か》いでみると春の匂いの奥に埃《ほこり》っぽい匂いが見つかって少しだけ落ち着いた。ゆっくりと時間をかけて沙希のアパートの前まで戻ったが、やはり部屋の電気は消えたままで、携帯電話の液晶を見ると深夜の二時を回ったところだった。

もしかしたら、もう部屋で寝ているのかも知れないと思い、音を立てないように合鍵で入ると部屋の中は冷え冷えとしていて、沙希の姿はそこになかった。フローリングの冷たさが足の裏から少しずつ浸透していった。

二時間前に送った「なにしてんの？」というメールに対する返信は、何度確認しても届いていない。自分が何日も返信しないことなど頻繁にあったが、沙希から応答がないことは今までにほとんどなかった。酔っ払ってその辺で倒れているのではないかと心配になった。

気は進まなかったが、沙希が働いている居酒屋の方向に歩いてみた。自転車があれば乗って行こうと思ったが、いつも停めてあるアパートの駐輪場にはなかった。耳の奥で音が反響しているように聞こえた。子供の頃からの蓄膿症《ちくのうしょう》のためか気圧の関係か、たまにそのように聞こえる時がある。アパートの中は妙に冷えていたのに、外気に触れると着ているものが膨らむ感触があった。ゆっくり歩いたつもりだったが十分ほどで店の前に着いてしまった。店の電気は半分ほど消えていて営業している雰囲気ではなかったが、まだ人影が店のなかで動いていた。

これくらい深い時間からの方が花見をするには人も少なくて良いかもしれない。沙希と合流したら自転車で緑道に向かおう。でも、沙希の自転車は店の前にも見あたらなかった。店の電気が消えて中から一人の男が出てきた。どこかで見たことのある顔だった。男も僕の気配に気づいたようだった。男はこちらに背を向けて腰をおろし、店の鍵を閉めた。ジーンズから垂れさがったウォレットチェーンが路面に着いて音を立てた。戸締りを終えた男が立ちあがると僕の顔を見て少し驚いた顔をした。

おそらく、『まだ死んでないよ』の田所という男だと思った。

「こんばんは」と僕が声を掛けると、男は「ああ、こんばんは」と応《こた》えた。

突然声を掛けられた男は少しだけ目を泳がせた。酒を飲んでいるのかもしれない。

「すみません、もう沙希って帰りました？」

「ああ、沙希ちゃん」

誰かの口から発せられる「沙希ちゃん」という響きに酷《ひど》く抵抗を覚える。僕と沙希は共通の知り合いこそ何人かいるが、二人以外の誰かを交えて会話をかわしたことがほとんどなかった。

男は質問には答えず「永田さんですよね」と僕に聞いた。

「はい。どっかで会いましたっけ？」

なんとなく自分の言葉が尖《とが》るのがわかった。

「いや、前に舞台観に行ったことがあって」

「あ、ほんまですか。ありがとうございます」

「あの、僕も演劇をやってまして。それで前から知ってはいたんですけど」

やはり、この男が田所だった。

「あ、沙希に聞いたことあります。バイト先に演劇やっている人がおるって」

自分も前に下北沢の公演でこの男を見ていたのに、なぜかそのことは言わなかった。この男とこんな所で立ち話をするつもりはない。

「もう沙希は帰ったんですかね？」

田所は僕の眼を真《ま》っ直《す》ぐに見た。さっきから田所は目を繰り返し強く閉じたり開いたりしている。そういう癖なのだと思う。

そして、「わかりますよ。俺も沙希ちゃんのこと好きだったから」と不思議なことを言った。こいつは何を言っているのだろう。黙っている僕にむけて田所は言葉を続けた。

「永田さんって、沙希ちゃんと付き合ってたんですよね？」

なぜ過去形なのだろうか。

「沙希ちゃん優しいですよね。僕も同業者だから言いますけど、演劇なんかやってる人と一緒にいてもつらいでしょうからね。これで良かったと思いません？　なんか、失礼になっちゃったらごめんなさい」

遠くの方から笑い声が近づいてきて、自転車をこぐ少年達の集団が背後を走り抜けていった。

「沙希ちゃん、青山さんに散々説得されても最後の方まで永田さんのこと気づかってましたからね」

田所はまた目を閉じたり開いたりしている。

「永田さんは、今日はどうしたんですか？ 散歩ですか？ 沙希ちゃんは、店長と帰りましたよ」

「店長」

思わず呆けたように田所の言葉を繰り返すと肺が痛くなった。

「はい、多分」

やはり田所は少し酔っているのかもしれない。

「店長の家ってどこでしたっけ？」

「えっ？」

田所の目に疑心の気配が見えた。

「いや、返さなあかんもんあったんで」

「ああ」

田所の空返事は、もしかしたら自分の予期していないことが進行していて、その一端を自分が担《にな》ったのかもしれないという曖昧《あいまい》でいながら正確な感覚からのもので、田所はそれには気づかないふりをして、あくまでも自分はプレイヤーに徹することに決めたようだ。役者っぽいなと思った。

「いや、沙希に返さなあかんもんあって。この時間やと店にいてるかなと思って。店長の家どこでしたっけ？」

平静を装《よそお》うと余計に声が震えた。僕の動揺に田所が気づいていないわけがなかった。

「羽根木公園のとこですよね。図書館の近くの」

店長の家を伝える田所の表情はなにもわかっていない人物の顔としては完成度が高かった。気を使われることで、より情けなくなり僕はほとんど半泣きだった。

「ああ、そうでしたね。ありがとうございます。ほな、ちょっと返して来ますわ」

「あっ、はい。また舞台観に行かせてもらいます」

「あっ、僕も行かせていただきます。なんていう劇団でしたっけ？」

「『まだ死んでないよ』です」

「あ、そうでした。では、また」

そう言って僕は歩き出した。

『まだ死んでないよ』のことをあまり知らないふりをしていたことも気づかれていただろうか。青山と仲が良いなら僕が彼等の舞台を観たことがあると知っているかもしれない。聞いていなかったとしても、青山がこのことを知ったら僕が観ていたことを伝えるかもしれない。僕の言葉は矛盾になる。田所はどう思うだろうか。おそらく、なにも思わないと思う。だって、僕達の周りはこんなことだらけだから。

羽根木公園に向かって歩いた。下北沢から歩くと結構な距離がある。田所の言葉を頭のなかで繰り返してみる。沙希と自分は別れたと田所は認識していた。青山が沙希や店の人間に僕のことを悪く伝えて沙希を追い詰めたのだろう。青山と僕がメールでやり合ったあと、その攻撃はさらに強くなったのかもしれない。それで、表向きは沙希も青山に遠慮して話を合わせていたのだと思う。

「最後の方まで永田さんのこと気づかってましたからね」と田所も言っていたではないか。その言葉だけを頼りにしようと思った。沙希はいつだって僕の味方でいてくれた。大丈夫だ。

今さら後悔しても仕方がないけれど、沙希からのメールに応えなかったことが悔やまれる。過剰な自意識ゆえの、審判を先延ばしにしたいという僕の弱さを沙希は知っているから、それ以上催促することはできなかったのだろう。周囲からの説得との板挟みになるなかで、そうではないとわかっていながらも、僕の「無言」という態度が自分から離れようとする意志だと無理やり思い込もうとしたのかもしれない。いや、単純に僕に嫌気がさしただけという可能性もある。そう思うと、春の匂いが無性に鬱《うっ》陶《とう》しくて遮断したくなった。五感に触れるすべての要素が自分から力を奪って殺そうとしているような気さえした。そんな重たい倦怠《けんたい》を強引に振り払う。

沙希が店長と帰ったと田所は言っていたけれど、沙希を含めた従業員を店長が連れて何人かで飲みに行ったということだろうか。二人で帰ったというニュアンスをどうしても否定したかった。

そもそも、なぜ僕は店長の家に向かっているのだろう。両足が空中を歩いているように浮ついていて、いつまでも目的地に到着しなければ良いという気持ちが身体に反映されているようだった。

田所が誤解している可能性はないか。あいつは何も把握していなくて、青山から聞いた話をすべて鵜呑みにして話しているだけではないのか。今日も一人で飲みたかっただけで、もしかしたらアパートに戻れば沙希はもう帰っているのではないか。自分に都合のいいことばかりが頭に浮かぶ。

今日はいつもより機嫌が良くて「おかえり」と明るく出迎えてくれるかもしれない。羽根木公園まで取りあえず行ってみて、少し辺りを歩いたら帰ろう。沙希が部屋にいたら今後のことをきちんと話そう。あたり前のことだけれど自分の気持ちをしっかり伝えよう。僕は沙希の優しさや弱さに甘えて、やるべきことを怠《おこた》っていた。沙希が不満を持つのも当然だ。その時点で話し合って解決すれば良かった。だが、後悔しても仕方がない。今日やればいい。まだ間に合う。そしたら、今までよりもずっと上手《うま》くやれるはずだ。

遠回りをしてしまったのか羽根木公園までは随分時間が掛かった。そこから図書館を探して歩く。ここにも花見客がいるのか、誰かが笑う声が聞こえた。夜なのに空が青っぽいのも気になった。それで、どこに向かえばいいのだったか。また路上に出た。停めてある黒いバンの窓に青い月が浮かんでいる。窓を鏡にして自分の顔を映す。狼《ろう》狽《ばい》した猿のような顔だなと思う。灯りの消えた薄茶色の建物が見えた。そうだ、この図書館を探していたのだった。その脇道《わきみち》の暗闇に導かれて進んでいくと、驚くほどあっさりと僕を待っていたかのように小豆色の自転車が停まっていた。近寄ってみると、それは間違いなく僕が沙希の誕生日に買った八千円の自転車だった。手と足の指先が震える感触があった。両手でお互いの手を揉《も》みながら血液を流す。一度振り返って歩き出したが、思考が定まらず、もう一度引き返して自転車のハンドルに触れてみた。熱くも冷たくもなかった。ここに自転車が停めてあることを考えると、その店長が住んでいる家というのは恐らくこのマンションのことなのだろう。僕は直立したまま自転車のベルを遠慮気味に一度鳴らした。余韻が完全に消えても耳に音が残った。もう一度鳴らした。もう一度鳴らした。今度は速く、続けて何度も連続で鳴らした。マンションの窓が開く音が聞こえた。三階の部屋から誰かがこっちを見ていた。その背後にも人影があった。僕は、もう一度ベルを鳴らした。警察を呼ばれるかもしれない。そしたらなんと説明しようか。

三階の窓が閉まる音が聞こえた。窓を閉めた誰かがカーテンの隙間からこちらを見下ろしていた。隠れているつもりだろうけど、そこだけ人影になっているのでよくわかった。

僕がベルから手を離すと辺りは静かになった。路上は等間隔で照らされる街燈の灯りによって切り取られていて、そのなかの一つに僕はいた。嫌な時間が流れた。僕は自転車のサドルに座って両肘《りょうひじ》をハンドルに乗せたままなにを見るでもなく視線を前方に放っていた。

人影が見えたマンションとは別の建物のどこかの部屋の扉が閉まる音がした。同じ方向から階段を降りる音が響いた。誰かが苦情を言いに来たのかも知れない。足音の方向を見ようと、身体を起こして振り返る体勢になった。

すると、そこから張りつめた表情を浮かべた沙希が出てきた。沙希は遠くから一度僕の顔を見たが、近づいてきてからはずっと地面を見ていた。

「こっちゃったんや。あのマンションかなと思ったわ」

沙希は何も言わなかった。

「なにしてんねん」

笑いながら言えた自分に僕は驚いていた。沙希は何も言わなかった。

「帰ろか」

僕が言っても沙希は黙ったままだった。

沙希の輪郭がぐんぐん濃くなっていく。

沙希は黙ったまま、ポケットからカギを取り出した。それを受け取り前輪についたカギ穴に差し込むとカギにまつわる沙希との記憶が頭に浮かんだがすぐに消した。沙希が持っていた鞄《かばん》を前カゴに入れて、スタンドを蹴《け》ると自転車の向きを変えた。

「カギは？」

「今日は俺がこぐわ」

沙希は僕と目を合わさずに荷台に乗った。

慣れ親しんだ体重を感じることで僕は随分と落ち着いた。沙希は僕の服ではなく、荷台を握っていた。手が冷たくないだろうかと気になったが、なんとなく言えなかった。

自転車をこぐと涼しい風が心地良かった。沙希からは話そうとする気配がなかったが、なにか話さなくてはと思わせることも嫌だった。

「ここ右曲がったら交番あるから気をつけなな。やばそうやったら沙希ちゃん、ちょっとだけ浮いてな。注意されたら、『浮いているので二人乗りではないんですよ』って笑顔で応えるからな。できるか？　できひんかったら裏声で『あーーーー！』って叫んだら少しだけ浮くからな。でも、お前さん、あっ、ちょっと時代掛かってもうた。でも、沙希ちゃん、まぁ、これは歯磨き粉のチューブの最後の方を絞り出すみたいな技術やから、ほんまはちゃんとエスパーとして自分の力で浮かなあかんねんけどな。うーわ、最悪や、交番の中におる警察二人とも俺に職質したことある人かも。覚えてる？　夜中に職質された言うて電話掛けたことあったやろ？　ほら沙希ちゃんのチャリンコで豪徳寺《ごうとくじ》のめっちゃ安いレンタルビデオに行こうと思って、このへん走ってたら警察に止められて、『ひったくりがありましてね』とか言われて、誰がひったくりやねん、って言うたら向こうも表情変わってさ、ほんならチャリンコ乗った女の人が無灯火で俺の横を走り抜けていって、『おい、あいつ無灯火やんけ、止めろや』って俺が言うたら、その警察が女の人に『気をつけてくださいね！　まだひったくりが捕まってませんから！』って言うてん。いや、ほぼ俺がひったくりって確信してるやん、その言い方。無茶苦茶やろ。ほんまやで。その警察おったら交番に祝詞《のりと》唱えながら突っ込んだろか。俺が『祓《はら》いたまい！　清めたまえ！』って叫ぶから、沙希ちゃんは後ろで好きなラップ唄っといてな。あれ、その警察いてへんわ。似てるけど違うわ。あいつら、早番かな？　まぁ、それはええか。今度晴れてる日に行こう。いや、やっぱり引き返して今から突っ込むか？　あかんな。そもそも交番に神様いてへんしな。やめよう。神様な。神様っていてるんかな？　あっ、覚えてる？　ほら、お台場のＺｅｐｐでライブ観《み》たやん。二人とも汗だくなってさ。その帰りに駅まで向かう時、俺らと同じようにほかの客も汗だくなっててさ、それ見て沙希ちゃん、『みんな幸せになりますように』って言うてん。その時は俺ほんまに沙希ちゃんのこと神様やって思った。優しいなって、俺幸せやなって思った。だってさ、沙希ちゃんだってさ、そんな余裕ないわけやん。隣にこんな汚い奴連れてさ。俺なんて、ライブ観てる時はほかの観客も同じ空間を共有してるから仲間意識みたいなんあってんけど、もう帰り道になると別の話で、駅混むからこいつら邪魔やなとさえ思ってたからな。その時の俺はライブと沙希ちゃんの優しさに感動するだけやったけど、最近ちょっとわかるねん。ほんまにみんな幸せになったらええな。みんなな。初めて沙希ちゃんと会った時も、沙希ちゃんのこと神様やと思ったで。最初、俺に『殺される』って思ったんやろ？　逃げなあかんで、そういう時は。俺、あの時、不安定でさ、死にかけとったからな。でも、死にかけてるって感じることは、生きたいって願うことやからな。ちょっと哲学やけど。沙希ちゃんおらんかったら、マジでやばかったわ。ほんま。だから、だからでもないけど、みんな幸せになったらええな。みんなな。上手くいかへんな。なんでやろう。俺の才能が足りへんからやな。俺、ずっと一人で喋《しゃべ》ってるけど大丈夫？　神様、うしろ乗ってますか？」

沙希が僕の服をつかんだ。つかまれた部分から体温が伝わる感覚があった。沙希は小刻みに振動しながら嗚咽《おえつ》していた。

「寒くないか？　疲れてなかったら、桜見に行こか。あの緑道のとこ、今日は人すごかったで。でも、この時間やったら誰もいてへんやろ。行こ、行こ。今年もう桜見た？　まだやろ。ええの見せたるからな」

住宅街を自転車で抜けていき、百円の自動販売機で珈琲《コーヒー》を買って沙希に持たせた。たまに桜が咲いていて「まだ見たらあかんで」などと言いながら、ようやく緑道に着くと、やはり満開の桜は迫力があった。自転車を停めて僕達は桜の下を並んで歩き、空が明るくなっても二人で桜を見ていた。疲れるまで、ずっと桜を見ていた。

沙希は居酒屋のバイトを辞めたあと、すぐに洋服屋の仕事も辞めてしまった。最初は体調を崩しただけで、二、三日すれば元気になると思っていたが、なかなか体調は回復せず家を出ることも少なくなった。

沙希の部屋に行くと、静かにソファーに座っているか、ベッドで横になっていることが多く、かつての活動的な気配はほとんど見られなかった。僕が近づくと、少し前まであったような拒絶の姿勢を見せるわけではなく、だからと言って受け入れるわけでもなく動物のように身体を丸めて目を閉じた。散歩に誘って近所を歩いても学生の集団や同世代の若者がいると前に進むことができず、道を引き返すこともあった。沙希は東京から隠れたがっているように見えた。そんな沙希の負担を減らすために沙希の気持ちに逆らわず寄り添うようにした。するとたまに彼女は僕の顔を見て微笑《ほほえ》んだりする。

その瞬間の幸福感は大きい。僕は前にも増して沙希の笑顔を見るために全力を注いだが、笑顔を強制しないようにも気をつけた。店長とのことが気にならなかったわけではないが、様子を見ている限り連絡を取っていないことだけは確信できた。

梅雨に入った頃から、沙希は夜に眠れなくなったようだった。それによって酒量が増して、夜中に家にいくと泥酔《でいすい》していることがあった。呑みすぎを注意しても、「おじさんみたいなこと言わないでよ」と聞き入れなかった。

昼間に沙希が泣きながら電話を掛けてきた。沙希の家まで行って詳しく聞くと、天気が良かったから久しぶりに一人で近所を散歩していたら、若い美容師に強引に名刺を渡され連絡先を聞かれたので、断ったら侮辱するような言葉を投げられたらしかった。よくあるようなことにも思えたが、今の沙希にはこたえたようだった。散歩に行ってみようと前向きに動いた沙希の気持ちが踏みにじられたことを思うと、その男を許してはおけないと思った。僕が美容室の名前を聞いても沙希はなかなか教えてくれなかった。僕がもめると思っているのだろう。こんな不安定な状態なのに心配されていることを情けなく思ったが、僕としても気持ちが治まらなかった。部屋のゴミ箱を探ると名刺が一枚出てきた。

「変な言い方はせえへんから」と言って、名刺に書かれた店に電話をかけた。

電話に出た男に用件を伝えると、「本人にだったら謝るけど、あなた関係ありませんよね」というふざけた対応だった。

「名刺を渡して暴言を吐いたなら、店として暴言を吐いたも同然やから店長に代われ」

僕がそう言うと、沙希は首を左右に振って、「もういいよ」と何度も言った。その言葉が電話の相手に聞かれると、そこを突っ込まれる可能性があったので、僕は痛みを感じるほど強く電話を頬に押しあてた。

「早く店長出せよ」

「いや、店長には本当にお世話になってて。迷惑掛けられないっていうか、俺を拾ってくれたのも店長ですし」

「どこに義理立てしてんねん、早く代われ」

「去年も店長に迷惑掛けて、その時に店長には二度と迷惑掛けないって決めたんすよ。親と思ってて」

こいつはなにを一人で興奮しているのだ。誰かのことは平気で傷つけておいて、自分の周りにはいい顔をする。

泣かされて帰って来た沙希の気を少しでも晴らしたい。沙希が家を出て散歩しようと思ったことは良いことで、間違っているのはそいつだと証明したかった。そうしないと、沙希が散歩に行けなくなってしまう。納得する謝罪か説明があれば、それを僕から丁寧に沙希に伝えることができる。それが、もっとも沙希に負担が掛からない解決法だと思っただけなのだ。穏やかに済まそうと思っていたのに話がねじれた。

暴力的なはずの相手は仲間を思いやる優しさだけで対抗し、こちらには一向に謝ろうとしない。そして、なぜか僕が暴力的なクレーマーのようになっている。

結局、「今から直接そっちに行ったるから待っとけ」と伝えて電話を切った。

沙希は泣きながら僕を止めようとしたが、変な感じにはしないから安心するように言って、上着をはおる。沙希は少しずつ冷静さを取り戻し、「永くん、眼がバッキバキだよ。どうしよ?」と言って溜息《ためいき》をついている。とまどっている沙希を見ていると、沙希の体力を消耗させているこの件が余計に捨て置けないものになった。沙希を説得して家を出ると、青山と野原からメールが入ってきた。沙希が助けを求めたのだろう。結局、野原に呼び出されて下北沢のヴィレッジヴァンガードに行くと、店の前に青山と野原が立っていた。

青山と会うのはメールでもめて以来はじめてだった。

「あんた、馬鹿《ばか》すぎるよ」と青山が言った。

「お前が沙希ちゃん困らせて、どないすんねん」と野原に言われて急に恥ずかしくなった。

僕達は下北沢の喫茶店で長い時間をかけて話し合った。青山は沙希と別れてあげるべきだと言った。

「それは俺が一人で決めることではない」と返答したが、僕が美容室に沙希の代理で行こうとしたのなら、代理が必要な状態の沙希に判断を仰ぐのは矛盾しているし都合が良すぎると返された。そこからは聞きたくない話が続いた。

沙希が僕との関係に疲れていることは周囲からすればあきらかだったので、店長や青山が熱心に相談に乗っていたということらしい。話を聞いているうちに自分が沙希にしつこく付きまとう変な男のように周りから思われていることに驚いた。それは青山の一方的な処理の仕方でしかない。そもそも二人で関係を持続していこうとすれば複雑な問題が出てくることは当然なわけで、そのたびに問題から逃走していたのではなんの解決にもならない。

沙希の狂ったような優しさが、相手の求めていることをすべて受け入れてしまうという習慣につながり、それは僕の我儘《わがまま》な要請により、僕の言うことだけに適応していたはずが、過度のストレスからかその範囲が広がったのかほかの人にも適応しはじめてしまったのだと思う。誰の言いなりにでもなるというのは本来の沙希ではない。そんな人間性まで管理しようと思ったつもりはないが、青山の話を聞いていると無意識のうちに僕は沙希を支配していたのかもしれないと思えてきた。

もっとも聞きたくなかった話は、この一件が『まだ死んでないよ』の公演の打ち上げの場で、田所と青山から小峰の耳に入ったということだった。『まだ死んでないよ』は今年予定されているのが彼等にとって過去最大の劇場での公演になるという。テーマは劇場側の提案でギリシャ悲劇を小峰の新たな解釈で上演することに決まっているらしく、その話の流れで僕と沙希の話題が出たらしい。

小峰はこの小さな話に興味を持ち、調子づいた青山は僕とのメールのやりとりさえも笑いのネタにし、小峰はそれを手を叩《たた》き笑いながら聞いていたそうだ。

僕にとっての深刻な話を乾いた感じで周囲に吹聴《ふいちょう》する青山の態度には呆《あき》れるしかなかった。心底この女が嫌いだと思った。僕は少なくとも青山とも真剣に向き合っていた。だが、密室を作り上げて徹底的に答えを求めた結果が僕と沙希の関係なのだとしたら、外部から風を入れる青山の行動は健全なのかもしれない。

帰り際、僕は青山に気になっていたことを伝えることにした。

「この間のメール、悪いけど全部ほんまの気持ちを言うた」

「えっ、もういいよ」

青山はこちらを見なかった。

「でもな、『日常が残酷だから小説を読んでる時間くらいは読者に嫌なことを忘れてもらいたかったんだ』っていう言葉にはハッとした。あの言葉が頭から離れへんくて、だからあの言葉に対する返答だけ、ウソついてもうた」

「なんで、ちゃんと覚えてんの？ もうなんて言われたかも覚えてないよ」

そう言って青山は僕を馬鹿にするようにわざとらしく笑った。

「小説もな、嫉妬《しっと》で感情的に読んでもうたんかも知らんから、落ち着いてもう一度読んでみる」

「もういいって。読まなくて。永田さんが自分で思ってるほど私にとって永田さんの評価って重要じゃないから。その深刻な感じやめてよ」と青山は言った。

「ノリが重たいねん」と野原も笑った。

「いや、絶対読む。本当に申し訳ない。でもこれだけ言わせて。なんでもかんでも笑い飛ばす必要なんてないから。しんどいことは、しんどいでええし。最終的に笑えたら良いと思ってるから」と僕が言うと、青山は「つまんない人だな」と同意を求めるように野原に言った。

夜中に沙希の部屋へ行くと、沙希は顔を赤くして呂律《ろれつ》が回らない口で「おかえり」と言うと僕に微笑んだ。

「また酒飲んでるんか？ 飲み過ぎたらあかんって言うたやろ？」

「これがないと寝れません」

沙希は僕の目を真っ直ぐに見つめてそう言った。酔っている時だけ僕の目を見てくれる。

「もう酔っ払いやん。焼酎《しょうちゅう》隠しといたのに」

「隠すとこすぐわかるよー」

そう言って沙希は急に立ちあがって押し入れを開けると買いだめしているボックスティッシュの後ろを指差した。

「おっ、偉そうやな。今度絶対見つからんとこに隠すからな」

「絶対見つけるよー。すぐだよ」

「どうやって？」

「目を閉じてな、お前の残像を探すねん」と沙希が言った。

「なに、俺みたいなこと言うてんねん」

「言うてるか、アホなこと言うな」と沙希は真面目《まじめ》な顔をして僕の口調を真似《まね》る。

「言うてるやんけ」

「言うてないわ。ほんでな、耳を澄ますねん。ほんなら声が聴こえますねん」

沙希は大きく目をひらき前方を真っ直ぐに見つめて言った。

「だから、俺みたいなこと言うなって」

「ほんでな、寝るねん」

そう言うと沙希は目を閉じた。

「なんで寝んねん。関西弁使うのやめて」

「使ってないわ。アホか」

「アホはお前や」

「うっさい、アホはお前や言うとんねん」

テーブルの上に男性アイドルグループのＤＶＤが置いてあった。

「これなに？」

「ええやろ、別に」

と言いながらも、沙希は少しだけためらう表情を見せた。

「一緒に見ようか」

そう言ってパッケージを開けると中身は空で、それは既にデッキに入っているようだった。リモコンで再生ボタンを押すと、男性グループが唄いながら踊りはじめる。

沙希はそれを笑顔で嬉《うれ》しそうに見つめている。本当はこうやって自分の好きなものを見たりしたかったのだろう。僕は沙希が彼等のファンだったことなど全く知らなかった。

「誰が好きなん？」

「全員だよ。それぞれの良さがあるんだよ」

「そうなんや」

沙希は、楽しそうな表情で画面を見つめていた。

こうやってアイドルのライブ映像を落ち着いて観たことなどなかったが、演出は華やかだし、演者にも活力があって楽しいものだなと思った。

長い間、僕達は黙ってアイドルグループが汗をかきながら踊る姿を眺めていた。

「永くん」

沙希に呼び掛けられるまで、僕は画面に見入っていた。

「うん？」

「わたし、もう東京駄目かもしれない」

沙希は目に涙を溜めてそう言った。映像の光に合わせて、彼女の横顔は様々な色に変化していた。

「……そっか」

アイドル達はフォーメーションを入れ替えながら踊り続けている。大きな会場に集まった観客達は嬉しそうな表情を浮かべている。

「うん。永くん一人で大丈夫？」

こんな状況でもまだ僕のことを心配するのか。

「俺は大丈夫やで」

「うん。お母さんが、こっち帰ってきて休んだらって」

「実家でゆっくり休んだら体調良くなるかもな。沙希ちゃんが一番落ち着く方法で良いと思うで」

「うん。ごめんね」

「別に謝ることちゃうやん」

感情が昂《たか》ぶると眠れなくなるから、早く横になるようにと沙希を促した。眠れない沙希から酒を奪うことが正しいかどうかなんて僕にはわからなかった。沙希が楽しんでいるなら、一緒にぶっ壊れてもいいのだが、ふらふらで呂律の回っていない沙希がどうしても幸福そうには見えなくて、苦しくて、ただただ沙希の痛みを和らげてあげたかった。その痛みの根源が僕自身なのだからどうしようもない。沙希の啜《すす》り泣く声がいつまでも狭い部屋に響いていた。

沙希はアパートの荷物はそのままにして実家に帰った。沙希からは体調が良くなったというメールが繰り返し送られてきた。メールは僕を安心させるために送っていたのだと思う。沙希は東京というより、沙希にとっての東京の大部分を占めていた僕から逃れたかったのだと思う。

沙希がいない生活に慣れはじめた頃、東京芸術劇場で『まだ死んでないよ』の公演があった。見ないわけにはいかなかった。小峰の前で僕と沙希のことが話題にあがったと聞いてから、落ち着かない日々が続いていた。僕の人生にとっては重要な事件だったが、世間からすれば瑣末《さまつ》な男女の色恋沙汰《ざた》に過ぎない。この公演に大きな影響を与えることはないとわかってはいたのだけれど。

元になったギリシャ悲劇は妻がいながら国の王女と重婚してしまう男と、その男への復讐《ふくしゅう》に燃える妻の物語だった。小峰によって、コリントスという国は「トウキョウ」に変えられ、王の娘の名は「クンショウ」に変えられていた。舞台は白と灰色の濃淡で構成された単調ではあるがギリシャのパルテノン神殿を思わせる飾りつけがほどこされていた。だが、開演してすぐに僕を含めた観客は驚くことになる。舞台後方から客席の天井に向かって轟音《ごうおん》を響かせながら鮮やかな原色《いろど》に彩られた巨大な龍《りゅう》のような、あるいは狼《おおかみ》のような怪物が勢いよく飛び出したのだ。その瞬間、視界に入る舞台上の装置もすべて華やかな色に変化し、瞬《また》く間に無国籍な世界へと変貌《へんぼう》を遂げた。歌舞伎《かぶき》の振り落としのような手法を使ったのだろうけれど、落とした幕はどこに消えたのだろう。

僕は客席後方の座席から巨大な怪物を眺めながら、技術的なことを考えそうになったが、もう必要以上に考えるのはやめにして目の前で起こる現象に素直に従おうと思った。

登場人物達は紙の仮面をつけて登場したが、汗をかくと紙が溶けて顔が見えるという仕組みになっていた。中盤以降に紙が溶けていくのと連動して劇中の匿名《とくめい》性は消滅し、おそらくは東京に住む無数の人々の名前や顔が怪物の蠢《うごめ》く腹に投影された。

一方で、物語の主軸となる妻は、夫に裏切られた復讐心に駆られ我が子を見つけだし殺《あや》めるために舞台上を駆けずりまわっている。その形相は怪物そっくりで、切実な息遣いが客席後方まで響いている。それを掻《か》き消すように怪物の腹に投影された髪の長い女が話しはじめた。

「最初は美容師の専門学校で知り合ったんですけど、ずっと仲良くて優しかったんですね、で、なんか元旦《がんたん》に告白されて付き合ったんですけど、一週間くらいしてからかな、豹変《ひょうへん》しちゃって、でもそうなっても髪だけは褒めてくれるのがすっごい怖くって」

女はクスクス笑いながら自分の髪をハサミで切った。別のアコースティックギターを持った女が怪物の腹に映る。

「本当にすっごい好きでした。この人と出会うために生まれてきたんだと思ってた。ほら、T・Yってこれ、その人のイニシャル彫ったんです。でも偽名で、本当はN・Tだったんです。しかも、地味な女に取られちゃって、だから今ほかのT・Yさん探してます」

たまに女の顔が影で見えなくなるのは、妻が怪物の前を走り抜けるからだ。女はアコースティックギターを掻き鳴らし、絶叫するように唄《うた》っている。その歌に合わせて、顔が次々と点滅しながら変わっていく。怪物の腹に投影されているのは恐らく客席に座る一人一人の顔だ。その中には僕や青山もいた。怪物は時折り何かを窺《うかが》うように動きを一時的に止めたりしたが、停止していても全身が小刻みに動いていて実際に生きものが呼吸をしているように見えた。男を惑わすのも、妻を惑わすのも、ほかの人物を惑わすのも、この巨大な怪物だった。怪物が首を振るたびに客席には獣の臭《にお》いが漂い、実際の熱をも感じさせた。

巨大な怪物はあらゆるものを呑《の》みこんだ。最終的には男も妻も呑みこんだ。全《すべ》てを呑みこみ、さらに膨らんだ怪物は舞台上や客席を縦横無尽に躍動しながら観客達を睨《にら》みつけていた。長い時間をかけて人の顔を映し終えると、怪物の心臓の鼓動が爆音で響き、腹の内部が穏やかに発光していた。それは生命の息吹《いぶき》のようにも見えたし、世界を壊滅させる強大なエネルギーのようにも見えた。

小峰が僕のように東京でもがいている者達を辱《はずかし》めようとしてこの題材を演劇にしたわけではないことは見ればわかった。肩透かしを食ったとまでは言えないが、僕達がこの演劇に与えたものはほんの些細《ささい》な刺激でしかなかっただろう。刺激にさえならなかったかもしれない。実際に僕達の話が扱われたわけではなく、日常に転がっていた風景を小峰なりの視点で演劇にしただけに過ぎない。流れ続ける時代のなかで誰にも取り上げられずに忘れ去られてゆく記憶の一つ一つを、彼等は安易なロマンチシズムに溺《おぼ》れることなく、残虐《ざんぎゃく》性に酔うこともなく、現代の適正な温度で掬《すく》って見せた。もっとも、その温度が僕にとってはひどく冷たいものとして感じられもするのだけれど。目をそむけようにも、どうしたって小峰の名前は聞こえてくるので、嫉妬もしたし、強烈に意識させられてきたが、ここまで壮大で規模が違う演劇を見せられると妙な心地良ささえもあった。

問題があるとすれば、東京で暮らす男女というテーマが、同時代の別の作家によって、ある種の滑稽《こっけい》な悲劇として、あるいは神話のようなものの一部として、作品化されてしまったことだろう。この主題を僕は僕なりの温度で雑音を混ぜて取り返さなければならない。

沙希の復調を辛抱強く待ったが、沙希は東京で暮らすことをあきらめるという決断をした。実家で精神的にも落ち着きはじめた沙希は、東京を去る間際《まぎわ》のように僕に対して甘えたり我儘を言うことはなくなった。それを寂しく感じてしまうのも自分の身勝手な感覚だ。沙希は実家の店を手伝うのではなく、近くの会社で働くことにしたそうだ。実家の店を手伝っている段階では、体調が良くなって気持ちが変われば、もう一度東京に出てくるという期待も持てたが、会社で働くとなれば地元に根を張る覚悟を決めたということなのだろう。それが僕達の関係を終わらせることになるのかどうかは沙希の口からは聞けなかった。

秋になれば会社での研修期間が終了し、少しだけ休みが取れるから、そのタイミングで荷物をまとめるために一度上京するという段取りになった。それまでに僕が部屋の大まかな整理はやっておくことにした。

沙希のアパートに行くのは久し振りだった。夜中に行くと色々と考えてしまうので、昼過ぎには自分の家を出た。沙希が実家に戻ってからの家賃は僕が申し出て支払うことにしていた。沙希がいつでも戻ってこられるように部屋を残しておきたかったし、一銭も払わずに住ませてもらっていた時期のことを考えれば、これくらいは当然のことだった。沙希の部屋に最後に足を運んだのが、随分と前のことのように感じられた。いくつか残っていた洋服を段ボールに詰めて、わかりやすいようにマジックで「洋服」と書いた。キッチン用品も段ボール二箱に収まった。捨てられるものは捨てて、粗大ゴミはまとめておいた。押し入れに詰め込んであった靴の空き箱のなかからは懐《なつ》かしいものが沢山でてきた。沙希が僕にくれた手紙や過去の公演で使用した衣装。わざと雑にあつらえた手作りのチラシ。それに小道具として使った猿の奇妙なお面。笑っているようにも、こちらを威嚇《いかく》しているようにも見える。このお面には舞台上よりも沙希を笑わせるために部屋で使った記憶の方が強く残っていた。これを僕がつけると沙希は「気持ち悪い」といって本気で嫌がるのだが、しつこくすると結局は笑うのだった。箱の底には乾燥して部分的に変色した古い脚本もあった。自分の分は僕が持っているから、これは沙希のものだ。出会って直ぐの頃に下北沢でやった公演のものだ。つい懐かしくてなかを開いてみる。沙希は僕に言われたことを丁寧に書き込んでいた。当時の生き生きとした沙希の笑顔が思い浮かぶ。ページをめくると沙希の字で「永くん、すげぇ」と書いてあった。全然すごくないよ、こんな感じになってしまったよ、と自嘲《じちょう》的に笑ってしまった。この期《ご》に及んでも沙希がまだ鼓舞してくれているようで嬉しくもあったが、その言葉はそのまま自分が過ごした日々に突き刺さる刃《やいば》でもあった。

この脚本は自分が書いたなかでも単純で特色なんてものも一切なかったが、今になって思うと公演そのものが記憶のなかで特別なものになっていた。自分の脚本や演出は決して誇れるものではなかったが、役者の存在に託すことが出来たからか自分で思い描いたものより遥《はる》かに良いものになった。そして、それは演劇を続ける日々のなかで支えになった感触でもあった。脚本の文字が読みにくいと思ったら、いつの間にか陽が傾いていた。思ったより部屋を整理するのに時間が掛かったようだ。目にするもの、手にするものに一々想《おも》い出《で》がついているから仕方がない。

ようやく大雑把にではあるが荷物が片づき、部屋に空間ができてきたので、沙希を迎えるために自分なりの演劇的な舞台を組んでみようと思った。段ボールを動かしていると、悪い癖であれもこれも欲しいと細かいことまで気になりだし、苦闘しているうちに梱包《こんぽう》した段ボールを再び開封して結局ゴミ以外を元の部屋のように戻してしまった。この時間はなんだったのかと思いはしたが、気分を入れ替えようと窓を開けると夜の冷たい風が入ってきて、しばらく放心したようにフレームだけのベッドの上であぐらをかいた。窓の外をぼんやり眺めていると、沙希に会えるということで自分は浮立っているのだなと今さらながら気がついた。

蛍光灯に照らされると靴の空き箱が劣化していたことがよりわかった。ふとした時に考え続けてきたことではあったけれど、ここのところ自分にとっての演劇とは一体なんなのだろうと改めて考えることが多くなった。

演劇が自分に多くの喜びと苦しみをもたらしたことは事実としてある。その上で演劇の意義とはなんだろう。舞台上にいる役者の声や肉体によって奇跡が起こることは何度も目にしてきた。そのたびに役者という存在を経由して、あらゆる可能性を人間はその肉体に宿しているのだと思い知らされてきた。

傲慢《ごうまん》かもしれないけれど、演出家はその人間の可能性を引き出す手掛かりを作ることができる。そして物語の力というのは、現実に対抗し得る力であり、そのまま世界を想像する力でもある。

演劇は実験であると同時に発見でもある。演劇で実現できたことは現実でも再現できる可能性がある。

どこかで犬が吠《ほ》えている。この犬の鳴き声にはなんの意味もないけれど演劇において意味のない犬の鳴き声というものは存在しない。犬が鳴くからには、そこになにかしらの根拠が必要になる。意味のない遠吠えは、意味がないという効果を生み出している。ということは、今現実に聞いている犬の遠吠えは演劇を経由することによって僕にとっても意味を持ってしまっている。これも演劇の力と言えるのではないか。

久しぶりに会う沙希は顔色もよく明るい印象を取り戻したように見えた。僕達は昼過ぎに渋谷で待ち合わせると、渋谷や原宿を歩きまわった。空が高く大気が澄んでいて歩くには丁度良い気候だった。随分懐かしい気がしたが沙希が実家に帰る前から一緒に街を歩いたりすることは極端に減っていたし、沙希が仕事を辞めてからは近所を歩くことくらいしかなかった。

沙希は久しぶりの東京を楽しんでいるように見えたし、沿道の銀杏《いちょう》並木を感慨深げに眺めているかと思えば、「ギンナン臭いね」とつぶやいたりもした。穏やかな横顔は微笑んでいるものの東京で暮らすことをやめてしまったことに対するわだかまりを含んでいるようにも見えた。

日が暮れはじめると、急に沙希の指や靴や唇などの細部が鮮烈な印象で眼に入ってきた。どの部分を見ても、それにまつわる情景が頭に浮かぶ。沙希が存在するということが、ほとんど奇跡のようだった。沙希は深夜のバスで東京を発《た》つため、僕達には限られた時間しかなかったからだと思う。東京に泊まりたくないとは言わなかったが、東京に一日も留まらず慌《あわ》ただしい日程を組んだ気持ちはよく理解できた。

この日の僕は、沙希がよく笑ってくれるのが嬉しくて、あとから思い出すと恥ずかしくなるほどふざけていた。楽しそうな姿を見ることは嬉しかったが、実家がいかに沙希に大きな癒《いや》しを与えたかを思い知らされもして、それは、もう沙希と東京で暮らすことが二度とできないかもしれないという恐怖を突きつけられることでもあった。

あらかじめ予約しておいた居酒屋に入った。ここは何年か前に沙希が僕の誕生日をお祝いしてくれた店で、いつかもう一度、一緒に来たいと思っていた。もう窓の外は暗くなっていて時間が過ぎていくのを惜しく感じた。今日は張り切って予定を詰め込み過ぎたかもしれない。

「ごちそうだね」

ビールを飲みながら、出汁《だし》が染《し》みこんだおでんを二人でつまんだあとに運ばれてきた蕎麦《そば》を、沙希は嬉しそうな表情で見つめながらそう言った。

僕は今後のことをどう切り出せばいいのかわからずに言葉が少なくなった。奥の席では団体の飲み会が入っているらしく店内はにぎやかだった。別の席では何があったのか決して若くない男の人が二人で泣きながら酒を飲んでいた。僕と沙希は誰の邪魔にもならないよう静かに蕎麦を食べた。

「おいしいね」と沙希は確認するように何度も言いながら蕎麦を啜った。

「冬場は水を少なめにしてます」と僕がささやくと、沙希は「作ってないでしょ」と言って微笑んだ。沙希の声はラジオのなかから聞こえてくるようだった。

店からは、タクシーで下北沢の家まで行こうと提案したけれど、沙希は電車で行きたいと言った。電車を乗り継ぎ、下北沢の駅からアパートまでの道を一緒に歩いていると、やはり懐かしいという感覚が先立った。実際に久しぶりなのだから、それは錯覚などではないと理解していながらも、当然のように一緒に過ごしていた日々を思うと、久しぶりだという感覚が誤りのようにも思えてしまい受け入れることは簡単ではなかった。

「うわー懐かしいぞ」

沙希は部屋に入るなり声を出した。

「えっ、永くん片づけとくって言ってたのに全然片づけてないじゃん。間に合うかな」

「一回片づけてんけど、また戻してん」

僕がそう言うと沙希は意味がわからないと言って笑った。もしかしたら、僕はからっぽになった部屋に沙希と帰ってくることを避けたかったのかもしれない。

本当は演劇の舞台のようにして沙希を驚かし、演劇のなかで自分の正直な気持ちを話してみようかと考えていたが、実際に沙希の明るい顔を見ると、取りつくろった演出的な発想がやけに拙《つたな》く感じられ、へたな失敗に終わりそうな気もするし自然な流れにゆだねることにした。こんな時でさえも演劇的に考えてしまうことが、ほとんど病気だなと思った。

沙希は手際よく作業を進め、あっという間に荷物を整理した。ベッドのフレームや粗大ゴミは二人でアパートのゴミ捨て場まで運んだ。ゴミ捨て場の地面についた染みさえも掛けがえのないものに思えた。あとは箱詰めされた荷物を沙希の実家に送るだけだったので僕ひとりでもなんとかなりそうだった。

ただの箱と化していく部屋を見ていると、それまで呼吸していた部屋が死んでいくようにも思えた。もっとも沙希がいなくなってから既に瀕死《ひんし》の状態ではあったのかもしれないけれど。昨晩見つけた、猿のお面や脚本が入った箱だけが鼓動を続けているようで手放したくなかった。

ベッドが無くなったフローリングに寝そべって天井を見つめていると、視界には白しか入らなくて、ここがどこかもわからなくなった。

「なにも考えずに片づけないとさ、哀《かな》しくなっちゃうからね。そしたら、また永くんに迷惑かけちゃうでしょ」と沙希はつぶやいた。

「懐かしいもんが、いっぱいあったからな」

僕の手元には、まだ懐かしいものが詰まった箱がある。

「そうだね」

沙希は部屋を見渡しながら言った。

「昨日な、押し入れを片づけてたら沙希ちゃんと一緒にやった舞台の脚本発見してん」

そう言って僕はホッチキスで留めた脚本を箱から取り出した。

「あっ、わたしの宝ものだー」

沙希は嬉しそうに僕に近寄ると一緒に脚本を覗《のぞ》き込んだ。

「すっごいわたし書き込んでる。勉強家だね。この時、楽しかったよね」

「そうやな。この脚本な、読み返したら男女が別れるだけの単純なものやったし、わざとなんかって疑うくらいセリフが文化祭の劇っぽい言い回しやねん」

「そうだっけ？　そんなことないと思うよ」

沙希は優しい声でそう言ったが、もしかしたら当時から気づいていたのかもしれない。

「欠点だらけやねんけど、今読むとなんか」

それがなんなのかは自分でもよくわからない。ただの感傷かもしれない。

「切ない話だったよね。永くん読むの得意でしょ。読んで読んで」

昔は脚本が書き上がると、それが夜中でも朝でも沙希を起こして、読み聞かせることがあった。この状況では最初から読みたかったみたいで気恥ずかしかったし、いかにも今の二人を象徴しているみたいで嫌だった。だけど、結局僕はこれからこの脚本を読むことになる。促されたから仕方なしにといった表情を作ることさえ忘れて。

「なんで、ずっとふざけてんの？　なんか私に言うことないの？」と僕は彼女のセリフの一部を読み上げた。

「わたしのセリフも読んじゃうの？」と沙希が言った。

「ほんなら、彼女のセリフは沙希ちゃんに任せるな」

「うん」

僕は、さっきの続きから読みはじめることにした。

「ふざけてるつもりはないよ」

「ふざけてるよ、いつもヘラヘラ笑ってさ」

沙希はシリアスな場面のセリフを読み上げると嬉しそうに僕の顔を見た。

「そういう顔なんだよ」

「ふざけてるよ。真面目に話してよ。私はこの家を出るんだよ」

「じゃあ、俺はひとりだ」

「自業《じごう》、自得《じとく》でしょ」

沙希は読みにくそうに少し声を落としてセリフを口にした。

「それにしても、キミには本当に迷惑をかけた」

こういう場合、普通は直接的な表現は避けた方が良い。

「ん？　永くんそんなセリフ書いてないよ」

「迷惑ばっかりかけた」

「どこだ？　そんなセリフないぞ」

沙希は少しふざけた口調で言う。

「夜の仕事も本当はさせたくなかった。俺の収入がもっと安定してればな。才能の問題か」

「今、セリフ考えてるの？」

「沙希ちゃんも一緒に考えて」

つかの間、沙希は考えているようだったが、意を決したように表情を変えた。

「あなたとなんか一緒にいられないよ」

沙希の声は相変わらず優しく弾むようだったが、思ったよりも強い言葉が返ってきた。

「なんで？」

どんな言葉も僕は受け入れなければならない。すべての罵倒《ばとう》を受け入れたところで、報いには到底届かない。僕は何かを消すためではなく、背負うために沙希の言葉を聞きたいと思っていた。

「いられるわけないよ。昔は貧乏でも好きだったけど、いつまでたっても、なんにも変わらないじゃん。でもね、変わったらもっと嫌だよ。だから仕方ないよ。本当は永くんはなにも悪くないもん。なにも変わってないんだから。勝手に年とって焦《あせ》って変わったのはわたしの方だからさ。だから、どんどん自分が嫌いになっていく。ダメだよね」

こんなことを言わせてはいけない。

「わたしね、東京来てすぐにこれは全然かなわないなって思ってたから、永くんと会えて本当に嬉しかった」

沙希は何か吹っ切れたようにそう言った。

「記憶おかしくなった？　それ俺の方やで。血まみれやったもん」

僕は沙希とならば正直に話すことができる。

「違うよ。わたしはずっと諦《あきら》めるきっかけを探してたんだよ。なにも悪いことしてないのに、ずっと変な罪悪感みたいなものがあったから。永くんのおかげで、みじめな気持ちじゃなくて東京を楽しい気持ちで歩けたんだよ。永くんいなかったらもっと早く帰ってた、絶対。だから、ありがとう」

僕からは、しばらく言葉が出てこなかった。壁に背をつけたまま沙希も僕も両足を前に放り出していた。沙希の足の爪《つめ》が僕よりも小さいことに、こんなタイミングで気がついた。

「永くんの番ですよ」

という沙希の声は震えていた。

「演劇の可能性って、演劇ができることってなんやろうって、最近ずっと考えてた。ほんならな、全部やった。演劇でできることは、すべて現実でもできるねん。だから演劇がある限り絶望することなんてないねん。わかる？」

沙希は、「わかるよ」と言ってゆっくりと頷《うなず》いた。

「だからな、今から俺が言うことはな、ある意味本当のことやし、全部できるかもしれへんことやねん」

沙希はなにも言わずに頷いた。

「沙希ちゃんは実家に帰る。そこで働きながら元気になる。今も元気やけど、もっとってことな。ほんで俺は演劇を続けて、飛躍的な成長をとげてな、アホみたいな言葉やけど認められるかもしれへん。いっぱいお金を稼げるかもしれへん。そしたらな、その時には沙希ちゃんも元気になってるからな、いっぱい美味《おい》しいものを食べに行くことができる。ふぐの薄造りっていうの？　あれを箸《はし》で一気にすくって食べよう。一回やってみたかってん。沙希ちゃんはウニが好きやから、ウニをどんぶり山盛りにして食べ続けたら良いよ。嫌な顔されたら次の店に行こう。でも、もうお腹《なか》はふくれてるやろうから特急列車に乗って温泉に行こう。海が見える露天風呂《ろてんぶろ》に入って朝焼けを見よう。寝すごさへんように目覚まし時計をセットして、朝食はちゃんと食べような。白飯と味噌汁《みそしる》と焼き魚と納豆。ほんで、昼間は雰囲気の良い喫茶店で珈琲を飲みながら小説を読もう。それは、ずっとやってきたことやったな。ほんなら、海外で一緒にテーマパークに行こう。すべての乗り物に二回ずつ乗ろう。その時にはパスポートちゃんと持ってるからな。沙希ちゃんの好きなもん全部買ってあげるな。そうや、財布買《こ》うたるわ。俺が大昔にあげたのボロボロなっても使ってくれてたもんな。あれ一回、沙希ちゃん落として泣きながら帰って来たことあったの覚えてる？　一緒に駅まで探しに行ったら、道路脇《わき》の排水溝ギリギリのとこにあって、大騒ぎしたよな。そうや、財布買いに海外に行こう、思いきって着物で行くっていうのもいいかもな。そんな日があってもいいやろ。近所の人が飼ってる犬に勝手に名前を付けて自分達が飼ってるみたいにしよう。違う、これも実際にあった想い出やった。『竹尾』元気かな？　まぁ、ええか。ものすごい大きな犬を飼おうや。ほんでルーフバルコニーがある大きな家に住もう。芝生の庭があって、季節の花を咲かせよう。ＣＤも小説も雑誌もＤＶＤもなんでも買いたい放題。楽しい日々を過ごして、還暦を迎えたら、何色かわからんような茶碗《ちゃわん》を買って、ちょうど良い温度のお茶を淹《い》れて飲もう」

僕は長い間、一人で話し続けていた。

「ごめんね」と沙希は泣きながら言った。

「沙希ちゃん、セリフ間違えてるよ。帰ったら沙希ちゃんが待ってるから、俺は早く家に帰るねん。誰からの誘いも断ってな。一番会いたい人に会いに行く。こんな当たり前のことが、なんでできへんかったんやろな。沙希ちゃんが元気な声で、『おかえり』って言うねん。言えるよな？　大きな犬も俺の肩に飛びついてきて、ちょっと肩嚙《か》まれるけど、その時は痛み感じへんくらい俺も犬好きになってるから」

「ごめんね」

「ほんで、カレー食うて、お腹いっぱいになったら、一緒に近所を散歩して、帰ってきたら、梨《なし》を食べよう。今度は俺がむいたる」

沙希の嗚咽《おえつ》が耳をこするように何度も響いていた。

僕は立ちあがって部屋の電気を消した。カーテンを取り外した窓に月が浮かんでいる。急いで上半身の服を脱ぎ、あわてて変な猿のお面を自分の顔にかぶせると電気をつけた。

蛍光灯は何度か点滅して部屋を明るくした。その瞬間、沙希がこちらを見たことは、小さく開けられた両目の穴からでもわかった。

涙眼でこちらを見ている沙希に向かって、僕は「ばあああああ」と言った。身体《からだ》を変な風に動かしながら「ばああああ」と言った。再び電気を消して、また直《す》ぐにつける。さきほどとは違う場所で「ばああああ」と言った。何度も何度も言った。開演前のブザーのように「ばあああああ」と言った。しつこく何度も何度も繰り返した。

沙希は観念したように、ようやく泣きながら笑った。

文庫のためのあとがき

『劇場』を書きはじめたのは、二〇一四年の夏頃だった。書斎として使っている下北沢のアパートで六十枚ほど書いて、一旦《いったん》原稿を置いた。そこから『火花』という芸人の世界を題材にした小説を書きはじめ、その年の年末までに書き終えた。『火花』は初めて自分が発表した中編小説となった。その後、すぐに『劇場』に取り掛かろうとしたが、小説を発表したことで仕事や生活に少なからず変化があり、なかなか思うようには進められなかった。もっとも、事務的に進行していくべきことでもないので、気持ちを落ち着かせながら二年以上の時間を掛けてようやく書き終えた。

書きはじめた時点では、一年の間に『劇場』と『火花』の二作を書くつもりでいたが、『劇場』の冒頭を書いたところで、これは一年ではとても書き切れないと感じた。『火花』は語り手の立場や特性上、衝動にまかせて物語を推進していく方が合っているように感じたが、『劇場』の場合、語り手である永田《ながた》がこれまで見ないように蓋《ふた》をしていた体験を、自分の目で見つめ、語りはじめようとしていると感じたからである。

だからこそ、「まぶたは薄い皮膚でしかないはずなのに、風景が透けて見えたことはまだない」からはじまる四行に充《み》たない書き出しの文章が必要だったのだとおもう。演劇は幕が上がらなければはじまらないから、小説の冒頭でまぶたをあげる、などということを書き手の自分は考えていないけれど、語り手の永田は演出家でもあるから、それくらいのことなら考えていたかもしれない。

自分の作品を自分で読んで解説することを、みっともないとは個人的に思わないが、読者には自由に読んでいただきたいので、あまり内容については語らないようにつとめる。ただ『劇場』を発表した頃、「なぜ演劇の世界を書いたのか?」という質問をよく受けたので、その理由については考えをあげておきたい。

まず演劇そのものが好きだったという大前提があるが、ひとつは演劇に向き合っている人達に興味があった。失礼な物言いになるかもしれないが、地位や名声や報酬だけを求めて演劇を選択する人は自分が知る限り少ない。あくまでも私見だが、演劇を愛しているか呪《のろ》っているか、演劇の世界にしか身を置けなかった人がほとんどだ。その覚悟や純粋さに惹《ひ》かれる。それしかなかったと演劇に流されていく、ある種のだらしなさにも惹かれてしまう。

とはいえ、演劇の世界のことはほとんど知らないので、実際に下北沢や池袋の劇場に何度も足を運んで劇団の公演を観《み》た。観客の列に並んでいる時に、「又吉、また来てるよ」と他の客が囁《ささや》く声を聞いたことも何度かあった。個人的に演劇の関係者から話を聞くなどの取材もした。

長年、演劇の世界で生きる舞台俳優の知り合いにも話を聞いた。ある時、その俳優に対し、演劇の話から離れて自分の身の上話を深刻な調子で語り続けたことがあった。相手が相槌《あいづち》も打たずに黙って自分を見ていることに途中で気づき、迷惑をかけたと後悔していると、その俳優は私の眼を真っすぐに見つめて、「できますよ」と言った。その言葉を聞いた瞬間には、その言葉が理解できなかった。えっ？　と私が聞き返すと、俳優は「おなじようにできます」となんでもないように言った。その俳優は私の感情に反応していたのではなく、私の実人生に登場した人物を自分が演じられると言っていたのだ。その狂気にも似た純粋性に触れた瞬間、なんだか泣きそうになった。この人の生活のなかに演劇があるのではなく、この人が演劇そのものなのだとわかってしまったから。この人は演劇の演技者ではなく、演劇を生きているのだ。当事者である俳優はそのことに無自覚であるように見えた。次元が違うと、その無垢《むく》な精神におののきながらも心を揺さぶられた。

私自身の人生に演劇的なものが全く無かったわけではない。遡《さかのぼ》ると六歳の時、父の誕生日に姉ふたりと三人で漫才を作ったことがあった。まだ字が書けなかったので、考えたことを口頭で姉に伝え、姉がチラシの裏に台本を書いた。夕飯の時、そのネタを姉たちが父の前で読みあげたのが自分の演芸人生のはじまりだった。父はビールを飲みながら真顔で、「なにがおもろいねん」とはっきり言った。漫才自体は失敗には終わったが、それでも自分が考えた言葉が誰かによって発声される不思議な感覚を得た。

その後、小学校で「赤ずきんちゃん」を劇でやることになった。私が過ごした大阪でも学校でやるような劇は標準語で演じることが一般的だったが、なぜかそのことに違和感を覚え、自分で台本のセリフをすべて大阪弁に書き直し、みんなに配った。本番で大阪弁の「赤ずきんちゃん」を演じたところ、終始笑い声が絶えず自分の想像をはるかに超えた父兄の反応があった。それも自分にとっては大きな体験だった。自分が手を加えれば、その影響が必ずどこかにでる。それが、どのような結果に結びついていくのかを体験できることが面白かった。

日常と演劇はとても近い部分がある。なかでも恋愛と演劇が構造として似ていると感じたことも題材に選んだ理由として大きい。演劇には構想があり、脚本があり、それを実現させるための演出がある。恋愛にもやはり構想があり、筋道があり、それを達成するための演出がある。そこに登場する自分以外の誰かが思わぬ動きをしたり、自分自身が思うように動けなかったり、そもそも構想や本が未熟であったりして、失敗することが往々にしてある。とりわけ自分以外の他者にゆだねなければならない局面が恋愛と演劇は共通する。情熱や恨みが伴う点でも重なる。

今作『劇場』では、演劇の世界に身を置く人物が、日常と演劇を往復しながら互いにどのような影響を与えて変化していくのかを見届けたかった。主人公の永田は沙希《さき》と出会って、彼女の存在に救われるが、彼が演劇にのめりこんでいくにつれて、沙希との関係がどんどん変化していく。「人間は変化する」ということも、ずっと気になっているテーマの一つだった。いつまでも変わらないと言われる人がたまにいるが、そこには「変えない」という覚悟や意志が働いている。普通に過ごしていれば変化はある。いろいろな影響を受けたり歳《とし》をとったり、そもそも世界自体が変わっていくのだから、自然にしていたら、そこに混ざる自分の色も一緒に変わっていく。

恋愛の場合、自分が変わるだけではなくて相手も同じように変化していくので、戻りたくても、もう戻れないということがあって、最初はふたりとも黄色だったのに、どんどん別の色が混ざり、わけのわからない色になるということもあるのではないか。そのような状態が少しでも小説にでていたら嬉《うれ》しい。もっとも、自分は恋愛というものの構造がどういうものなのかほとんど理解できていない。だから、『劇場』が恋愛小説になっているかどうかもよく解《わか》らない。恋愛のことがよく解らないからこそ、若くて未熟なふたりがともに過ごしたどうしようもない時間を必死で書くことにつとめた。

『劇場』の主人公である永田はひたすら自分の演劇を突き詰めたいという欲求を愚直に追っている。本人の責任もあるにせよ、満足できるほどには機会を与えられずにあがいている主人公を、書き手の自分は発表する場を与えられて書いているというねじれた状況だったからこそ、永田の姿勢に励まされることが多かった。

最後にこの小説の舞台となった時代について書いておきたい。

『劇場』は、二〇〇〇年代初頭の東京を舞台としてはじまる。自分自身も永田と同じ時代を東京で過ごした。その頃、ニュースでは毎日のように不景気という言葉が溢《あふ》れていて、報道される自分と同世代の若者の初任給の低さに驚き同情さえしていたが、冷静に考えると彼等よりも自分の収入の方が断然に低かった。自分で望んだ世界で生きているのだから自業自得《じごうじとく》であるとどこか自分や周辺で暮らす人達のことを社会の枠の外の人間だと無意識の内に規定してしまっていたのかもしれない。

彼等は後ろめたさから声をあげずに街の底で息をひそめている。どの時代にも平均や中央値だけでは見えてこない存在が必ずいる。時代に乗り遅れた生活者は特に周囲との格差が拡大する可能性が高く、状況はより深刻だともいえる。それは経済だけの話ではない。価値観や生活様式も同様だろう。簡略化された年表では見えてこない存在こそを見つめる目を持ち、彼らの声を聞き逃さないように耳をすませたい。

とりとめもなく文章を重ねてしまったような気もしますが、読者の皆様には深く感謝したいです。ありがとうございます。

令和元年七月

又吉直樹

この作品は平成二十九年五月新潮社より刊行された。

芥川龍之介著
羅生門・鼻
王朝の説話物語にあらわれる人間の心理に、近代的解釈を試みることによって己れのテーマを生かそうとした〝王朝もの〟第一集。

芥川龍之介著
河童・或阿呆《あるあほう》の一生
珍妙な河童社会を通して自身の問題を切実にさらした「河童」、自らの芸術と生涯を凝縮した「或阿呆の一生」等、最晩年の傑作6編。

青山七恵著
かけら
川端康成文学賞受賞
さくらんぼ狩りツアーに、しぶしぶ父と二人で参加した桐子。普段は口数が少ない父の、意外な顔を目にするが——。珠玉の短編集。

青山七恵著
繭
夫に暴力を振るう舞。帰らぬ恋人を待ち続ける希子。そして希子だけが知る、舞の夫の秘密。怒濤の展開に息をのむ、歪《いびつ》な愛の物語。

朝吹真理子著
きことわ
芥川賞受賞
貴子《きこ》と永遠子《とわこ》。ふたりの少女は、25年の時を経て再会する——。やわらかな文章で紡がれる、曖昧で、しかし強かな世界のかたち。

朝吹真理子著
流跡
ドゥマゴ文学賞受賞
「よからぬもの」を運ぶ舟頭。水たまりに煙突を視る会社員。船に遅れる女。流転する言葉をありのままに描く、鮮烈なデビュー作。

彩瀬まる著
あのひとは蜘蛛を潰せない

28歳。恋をし、実家を出た。母の〝正しさ〟からも、離れたい。「かわいそう」を抱えて生きる人々の、狡さも弱さも余さず描く物語。

彩瀬まる著
暗い夜、星を数えて
—3・11被災鉄道からの脱出—

遺書は書けなかった。いやだった。どうしても、どうしても——。東日本大震災に遭遇した作家が伝える、極限のルポルタージュ。

井伏鱒二著
山《さん》椒《しょう》魚《うお》

大きくなりすぎて岩屋の棲家から永久に外へ出られなくなった山椒魚の狼狽をユーモア漂う筆で描く処女作「山椒魚」など初期作品12編。

井伏鱒二著
黒い雨
野間文芸賞受賞

一瞬の閃光に街は焼けくずれ、放射能の雨の中を人々はさまよい歩く……罪なき広島市民が負った原爆の悲劇の実相を精緻に描く名作。

いしいしんじ著
トリツカレ男

いろんなものに、どうしようもなくとりつかれてしまうジュゼッペが、無口な少女に恋をした。ピュアでまぶしいラブストーリー。

いしいしんじ著
海と山のピアノ

生きてるってことが、そもそも夢なんだから——。ひとも動物も、生も死も、本当も嘘も。物語の海が思考を飲みこむ、至高の九篇。

井上荒野著
潤一
島清恋愛文学賞受賞

伊月潤一、26歳。気紛れで調子のいい男。女たちを魅了してやまない不良。漂うように生きる潤一と9人の女性が織りなす連作短篇集。

内田百閒著
百鬼園随筆

昭和の随筆ブームの先駆けとなった内田百閒の代表作。軽妙洒脱な味わいを持つ古典的名著が、読やすい新字新かな遣いで登場！

内田百閒著
第一阿房列車

「なんにも用事がないけれど、汽車に乗って大阪へ行って来ようと思う」。借金をして一等車に乗った百閒先生と弟子の珍道中。

上橋菜穂子著
精霊の守り人
野間児童文芸新人賞受賞
産経児童出版文化賞受賞

精霊に卵を産み付けられた皇子チャグム。女用心棒バルサは、体を張って皇子を守る。数多くの受賞歴を誇る、痛快で新しい冒険物語。

上橋菜穂子著
精霊の木

環境破壊で地球が滅び、人類が移住した星で、過去と現在が交叉し浮かび上がる真実とは――「守り人」シリーズ著者のデビュー作！

上田岳弘著
私の恋人
三島由紀夫賞受賞

天才クロマニョン人から悲劇のユダヤ人、そして井上由祐へ受け継がれた「私」は運命の恋人を探す。10万年の時空を超える恋物語。

遠藤周作著
海と毒薬
毎日出版文化賞・新潮社文学賞受賞
何が彼らをこのような残虐行為に駆りたてたのか？　終戦時の大学病院の生体解剖事件を小説化し、日本人の罪悪感を追求した問題作。

遠藤周作著
夫婦の一日
たびかさなる不幸で不安に陥った妻の心を癒すために、夫はどう行動したか。生身の人間だけが持ちうる愛の感情をあざやかに描く。

江戸川乱歩著
江戸川乱歩傑作選
日本における本格探偵小説の確立者乱歩の処女作「二銭銅貨」をはじめ、その独特の美学によって支えられた初期の代表作9編を収める。

江戸川乱歩著
江戸川乱歩名作選
謎に満ちた探偵作家大江春泥——その影を追いはじめた私は。ミステリ史に名を刻む「陰獣」ほか大乱歩の魔力を体感できる全七編。

江國香織著
犬とハモニカ
川端康成文学賞受賞
恋をしても結婚しても、わたしたちは、孤独だ。川端賞受賞の表題作を始め、あたたかい淋しさに十全に満たされる、六つの旅路。

江國香織著
ちょうちんそで
雛子は「架空の妹」と生きる。隣人も息子も「現実の妹」も、遠ざけて——。それぞれの謎が播かれ、織り成される、記憶と愛の物語。

小川洋子著
薬指の標本
標本室で働くわたしが、彼にプレゼントされた靴はあまりにもぴったりで……。恋愛の痛みと恍惚を透明感漂う文章で描く珠玉の二篇。

小川洋子著
いつも彼らはどこかに
競走馬に帯同する馬、そっと撫でられるブロンズ製の犬。動物も人も、自分の役割を生きている。「彼ら」の温もりが包む8つの物語。

小山田浩子著
穴
芥川賞受賞
奇妙な黒い獣を追い、私は穴に落ちた。仕事を辞め、夫の実家の隣に移り住んだ私の日常を夢幻へと誘う、奇想と魅惑にあふれる物語。

小山田浩子著
工場
新潮新人賞・織田作之助賞受賞
その工場はどこまでも広く、仕事の意味も敷地に潜む獣の事も、誰も知らない……。夢想のような現実を生きる労働者の奇妙な日常。

川端康成著
みずうみ
教え子と恋愛事件を引き起こして学校を追われた元教師の、女性に対する暗い情念を描き出し、幽艶な非現実の世界を展開する異色作。

川端康成著
眠れる美女
毎日出版文化賞受賞
前後不覚に眠る裸形の美女を横たえ、周囲に真紅のビロードをめぐらす一室は、老人たちの秘密の逸楽の館であった——表題作等3編。

川上弘美著

なめらかで熱くて甘苦しくて

それは人生をひととき華やがせ不意に消える。わきたつ生命と戯れながら、恋をし、産み、老いていく女たちの愛すべき人生の物語。

川上弘美著

猫を拾いに

恋人の弟との秘密の時間、こころを色で知る男、誕生会に集うけものと地球外生物……。恋する瞳がひきよせる不思議な世界21話。

角田光代著

私のなかの彼女

書くことに祖母は何を求めたんだろう。母の呪詛。恋人の抑圧。仕事の壁。全てに抗いもがきながら、自分の道を探す新しい私の物語。

角田光代著

笹の舟で海をわたる

不思議な再会をした昔の疎開仲間は、義妹となり時代の寵児となった。その眩さに平凡な主婦の心は揺れる。戦後日本を捉えた感動作。

金原ひとみ著

マザーズ

ドゥマゴ文学賞受賞

同じ保育園に子どもを預ける三人の女たち。追い詰められる子育て、夫とのセックス、将来への不安……女性性の混沌に迫る話題作。

金原ひとみ著

軽薄

私は甥と寝ている——。家庭を持つ29歳のカナと、未成年の甥・弘斗。二人を繋いでしまった、それぞれの罪と罰。究極の恋愛小説。

窪美澄著

ふがいない僕は空を見た

山本周五郎賞受賞・R-18文学賞大賞受賞

秘密のセックスに耽る主婦と高校生。暴かれた二人の関係は周囲の人々を揺さぶり——。生きることの痛みを丸ごと包み込む傑作小説。

窪美澄著

よるのふくらみ

幼なじみの兄弟に愛される一人の女、もどかしい三角関係の行方は。熱を孕んだ身体と断ち切れない想いが溶け合う究極の恋愛小説。

小林秀雄著

Xへの手紙・私小説論

批評家としての最初の揺るぎない立場を確立した「様々なる意匠」、人生観、現代芸術論などを鋭く捉えた「Xへの手紙」など多彩な一巻。

小林秀雄
岡潔著

人間の建設

酒の味から、本居宣長、アインシュタイン、ドストエフスキーまで。文系・理系を代表する天才二人が縦横無尽に語った奇跡の対話。

坂口安吾著

堕落論

『堕落論』だけが安吾じゃない。時代をねめつけ、歴史を嗤い、言葉を疑いつつも、書かずにはいられなかった表現者の軌跡を辿る評論集。

坂口安吾著

不良少年とキリスト

圧巻の追悼太宰治論「不良少年とキリスト」、織田作之助の喪われた才能を惜しむ「大阪の反逆」他、戦後の著者絶頂期の評論9編。

太宰治著　晩年

妻の裏切りを知らされ、共産主義運動から脱落し、心中から生き残った著者が、自殺を前提に遺書のつもりで書き綴った処女創作集。

太宰治著　人間失格

生への意志を失い、廃人同様に生きる男が綴る手記を通して、自らの生涯の終りに臨んで、著者が内的真実のすべてを投げ出した小説。

田中慎弥著　宰相A

国民服をまとう白人達に、武力による平和実現を訴えるあの男A。もうひとつの「日本国」に迷い込んだ小説家の悪夢を描く問題作。

高橋弘希著　指の骨
新潮新人賞受賞

戦友の指の骨を携えた兵士は激戦の島で何を見たか。「野火」から六十余年、戦地の狂気と真実を再び呼びさます新世紀戦争文学。

滝口悠生著　ジミ・ヘンドリクス・エクスペリエンス

ヌードの美術講師、水田に沈む俺と原付。ギターの轟音のなか過去は現在に熔ける。寡黙な10代の熱を描く芥川賞作家のロードノベル。

中村文則著　土の中の子供
芥川賞受賞

親から捨てられ、殴る蹴るの暴行を受け続けた少年。彼の脳裏には土に埋められた記憶が焼き付いていた。新世代の芥川賞受賞作！

中村文則著
悪意の手記
いつまでもこの腕に絡みつく人を殺した感触。人はなぜ人を殺してはいけないのか。若き芥川賞・大江賞受賞作家が挑む衝撃の問題作。

西加奈子著
窓の魚
私たちは堕ちていった。裸の体で、秘密の心を抱えて——男女4人が過ごす温泉宿での一夜と、ひとりの死。恋愛小説の新たな臨界点。

西加奈子著
白いしるし
好きすぎて、怖いくらいの恋に落ちた。でも彼は私だけのものにはならなくて……ひりつく記憶を引きずり出す、超全身恋愛小説。

古井由吉著
杳《よう》子《こ》・妻《つま》隠《ごみ》
芥川賞受賞
神経を病む女子大生との山中での異様な出会いに始まる斬新な愛の物語「杳子」。若い夫婦の日常を通し生の深い感覚に分け入る「妻隠」。

古井由吉著
辻
生と死、自我と時空、あらゆる境を飛び越えて、古井文学がたどり着いたひとつの極点。濃密にして甘美な十二の連作短篇集。

町田康著
夫婦茶碗
あまりにも過激な堕落の美学に大反響を呼んだ表題作、元パンクロッカーの大逃避行「人間の屑」。日本文藝最強の堕天使の傑作二編！

新潮文庫最新刊

梯　久美子著

狂うひと
―「死の棘」の妻・島尾ミホ―
読売文学賞・芸術選奨文部科学大臣賞・講談社ノンフィクション賞受賞

本当に狂っていたのは、妻か夫か。夫の作家的野心が仕掛けた企みとは。秘密に満ちた夫妻の深淵に事実の積み重ねで迫る傑作。

J・ノックス
池田真紀子訳

堕落刑事
―マンチェスター市警
エイダン・ウェイツ―

ドラッグで停職になった刑事が麻薬組織に潜入捜査。悲劇の連鎖の果てに炙りだした悪の正体とは……大型新人衝撃のデビュー作！

H・マロ
村松　潔訳

家なき子（上・下）

自らが捨て子だと知ったレミは、謎の老芸人に引き取られて巡業の旅に出る。別れることのない真の家族と出会うことができるのか。

T・ハリス
高見　浩訳

カリ・モーラ

コロンビア出身で壮絶な過去を負う美貌のカリは、臓器密売商である猟奇殺人者に狙われる――。極彩色の恐怖が迸るサイコスリラー。

W.B.キャメロン
青木多香子訳

僕のワンダフル・ジャーニー

ガン探知犬からセラピードッグへ。何度生まれ変わっても僕は守り続ける。ただ一人の少女を――熱涙必至のドッグ・ファンタジー！

H.P.ラヴクラフト
南條竹則編訳

インスマスの影
―クトゥルー神話傑作選―

頽廃した港町インスマスを訪れた私は魚類を思わせる人々の容貌の秘密を知る――。暗黒神話の開祖ラヴクラフトの傑作が全一冊に！

劇《げき》　場《じょう》

新潮文庫　ま－57－1

令和元年九月一日発行

著者　又《また》吉《よし》直《なお》樹《き》

発行者　佐藤隆信

発行所　株式会社新潮社

郵便番号　一六二―八七一一
東京都新宿区矢来町七一
電話　編集部(〇三)三二六六―五四四〇
　　　読者係(〇三)三二六六―五一一一
https://www.shinchosha.co.jp

価格はカバーに表示してあります。

乱丁・落丁本は、ご面倒ですが小社読者係宛ご送付ください。送料小社負担にてお取替えいたします。

印刷・大日本印刷株式会社　製本・加藤製本株式会社

ISBN978-4-10-100651-2　C0193